魔豆

傭兵公主

The Princess

vol. 5 血的牽絆

香草／著

傭兵公主 vol.5

目錄

登場人物介紹

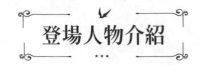

利馬・安多克
第三分隊隊長，平民出身。大剌剌的個性，看起來總是一副隨性的模樣。平時最喜歡作弄西維亞、亂揉她的頭髮。

西維亞・菲利克斯
菲利克斯帝國四公主。有著遺傳自母親的美貌，卻散發一股劍士的凜然氣質。擁有特異的直覺與女神賜予的誕生禮……

多提亞・帝多
帝多家族次子，皇家騎士團第二分隊隊長。散發知性優雅的氣質，溫和而穩重。腹黑屬性，笑容的燦爛度往往與心情成反比。

卡萊爾
叛亂組織的首領，他的出身似乎與西維亞公主頗有淵源……
是個溫柔和藹、好相處的人，笑容帶著點孩子氣，最大的嗜好就是在路上胡亂撿同伴。
伊里亞德·諾林
「創神」傭兵團的團長。
個性像貓科動物般，是個渾身散發著神祕氣息的頂級美男。
稱呼西維亞為「小貓咪」，似乎特別喜歡逗弄她……
夏爾
年齡僅14歲的可愛少年，妮娜魔法店的學徒。神經大條，行動總是慌慌張張又經常闖禍，標準的衰運纏身冒失鬼一名。

楔子

華麗宏偉的城堡中，幾名強顏歡笑、眼神卻透露出愁色的侍女正小心翼翼地侍奉著國王用餐。

國王——傑羅德・菲利克斯自從遇刺事件後便性情大變，以往溫和仁慈的形象早已不復存在。現在的他英俊依舊，卻散發著令人膽寒的陰沉。

此刻，傑羅德給人的感覺就像道暗影，彷彿室外陽光再燦爛也無法照耀至男子身上似地。只要待在他的身邊，便會產生一種彷如置身於伸手不見五指的黑夜般的感覺，令侍女們不由自主地從心底感到驚懼。

有人猜測陛下是因爲受到親生女兒行刺的刺激而性情大變，也有人猜測其實菲利克斯六世本就是個充滿野心的暴君，只是他很懂得隱忍，裝了多年的仁君好讓愚蠢的獸族放鬆警戒。

雖然關於陛下性情轉變的原因眾說紛紜，可是基本上大多數人仍傾向於相信西維亞殿下是無辜的說法。

就平民的看法，這位排行最小的公主名聲一向很好，加上平民之中不乏受過四殿下恩惠的人，因此在感情上，人民大都選擇相信這位向來印象不錯的公主殿下是無辜的。

至於權貴們的想法則比較理性，支撐他們相信這個論點的是四公主的動機。行刺國王對西維亞公主來說根本沒有任何好處，她既無權又無勢，主動要求南遷亦顯示出對王位沒有絲毫興趣，即使她真的殺了國王，也無法從中獲得任何好處，反而二、三殿下才會是事件中最大的受益者。

雖然大家都認爲四殿下是無辜的，然而國王的轉變卻令眾人按捺著沒有向陛下進言。此刻局勢未明，沒有人想當出頭鳥，萬一因此成爲國王洩忿的對象那就不是勇敢，而是找死了。

在這沉寂得近乎壓抑的狀況下，幾聲敲門聲打破了這死寂般的寧靜。

進來的人是個身穿騎士服的男子，棕色髮絲中夾雜的絲絲白髮，顯示出男子已不再年輕，然而那穿著軍服的腰桿卻依舊挺得筆直，一雙眸子如老鷹般炯炯有神。

這名老軍人肯尼士早已從前線退了下來，現在的他只是個負責訓練皇家騎士的教官，但在城堡裡卻沒有任何人敢對他不敬。畢竟肯尼士雖然把兵權交還至王室手裡，可是這老人卻是桃李滿門——現任的騎士長們，甚至四殿下西維亞．菲利克斯可都是老騎士的得意門生。

更何況男子還有著另一個尊貴無比的身分——國王傑羅德的守護騎士！

「陛下。」看到素來總會給予下屬應有尊重的菲利克斯六世在自己應召出現時竟然沒看他一眼，依舊繼續吃著眼前的餐點，肯尼士只好耐著性子在旁等待。直至看到國王用餐完畢，卻仍理也不理會自己時，他不得已只好出言試探一下逕自喝著紅酒的國王。

至此，國王才放下手中的酒杯，並揮揮手遣退在旁侍候的一眾侍女。

很快地，偌大的餐室裡只剩下老騎士與國王兩人。

肯尼士看著眼前這名英俊依舊，卻給人陰寒感覺的國王，竟覺得這個朝夕相處多年的人有種陌生感。

肯尼士感到強烈的不安，這種當年身處戰爭前線時曾多次拯救自己的預感並沒有因退役而消失，仍忠實地向老人做出危險的警示。

如果眼前這個給予他陌生感的人不是眞正的菲利克斯六世，那麼他到底是誰？爲什麼會與國王長得一模一樣？眞正的國王陛下又在何方？

一時間，肯尼士腦海裡浮現數個念頭。

「肯尼士，你應該知道我那卑劣的小女兒行刺我的事，對吧？」睜著一雙冰冷的紫藍眸子，菲利克斯六世的聲音平緩而死板，竟沒有任何一絲活人的氣息。

「知道。」

聽到老騎士的回答，國王思考了一會兒才接著說道：「豐收祭將至，那時候她必定不會放過這個混在人群中返回王城的大好機會。這期間王城的安全便交給你了，務必替我殺了她！」

想不到國王竟如此決絕，三言兩語便對親生女兒下了絕殺令。肯尼士心神一震，正想為四公主辯白幾句，卻在看到菲利克斯六世那絲毫沒有人氣的眼神後改變了主意，恭敬地頷首稱是。

國王不再與肯尼士多說什麼，事情交代完便讓老騎士退下。

肯尼士離開餐室後，立即召集所有留守於城堡中的皇家騎士團正副分隊長，把陛下的命令發布給眾人知道。

「四殿下絕不會刺殺陛下的！老師，你再勸勸陛下吧！」滿臉焦慮發言的青年，是第三分隊的副隊長卡戴維。整個皇家騎士團中，就數帝多家次子多提亞．帝多所領導的第二分隊及由平民出身的利馬所統領的第三分隊與四公主關係最好。

由阿瑟領導的第四分隊則是二殿下的人馬，自從二殿下被軟禁後，第四分隊便交由多提亞的兄長——卡利安．帝多統領。此刻這支騎士團分隊正領著大軍前往石之崖鎮壓獸族，因此留守在王城的騎士團即使與四殿下沒什麼交情，至少也保持著中立的立場。

不過在城堡裡，與西維亞這個熱愛劍術的四公主沒什麼交情的皇家騎士還眞的不多。四公主人緣好得很，名聲也不錯，因此卡戴維的話一出，其他在場的正副分隊長也立即出言替四公主求情。

肯尼士怒不可遏地低吼：「很好，非常好！你們全是我一手栽培的騎士，難道已經忘了我曾教過你們什麼了嗎？身爲騎士，你們對王室應有的忠誠在哪兒？」

面對肯尼士的怒吼，被喻爲百年難得一見的劍術天才、史上最年輕的皇家騎士，菲洛也豁出去了，竟當著眾騎士的面教訓起這名德高望重的老騎士。

「老師，我一直以來都非常敬重您，可是這次您眞的錯了。身爲騎士，我們對國家、對陛下的忠誠可昭日月，然而這忠誠卻不是愚忠。陛下的狀況明顯不正常，四殿下的事也疑點重重。我們怎能因爲這種不明不白的命令，對還未進行審判的四殿下下殺手？」

在場眾人雖沒發言，可是卻不約而同地對菲洛的話露出贊同的眼神。

被菲洛當眾反駁，肯尼士不但沒有表現出絲毫憤怒，甚至還露出欣慰的笑容：「好！說得好！」

預料老騎士會氣得破口大罵的眾騎士當場傻眼。

看到大家目瞪口呆的神情，肯尼士樂了。「雖然我早已從前線退下，可不代表我是個老糊塗，其中的利害對錯我還分得清。這次事件處處透露著詭異，如果是平常的陛下，在眞心想殺掉西維亞殿下的情況下，怎會讓你們第二、三分隊的小崽子回王城？同時，誅殺四公主的任務也不會落到我身上，畢竟你們與四殿下的關係眾所皆知，而我與那個野丫頭也有著師徒名分。」

說到這兒，肯尼士似乎有所顧忌地停頓了片刻，這才一咬牙把悶在肚子裡的想法說了出口。

「總覺得，這段時間陛下簡直就像變了一個人，這種簡單直接、衝動無比的命令根本就像是鬧脾氣的孩子在拚命想要對付討厭的人時所做的舉動。」

聽完老騎士的分析，卡戴維與菲洛交換了一個眼神，略微猶豫後便往前一站。

「肯尼士總團長，我們第二、三分隊有要事稟告。」

在場的皇家騎士全都是由肯尼士一手提拔起來，往常都會敬稱老騎士一聲「老師」，只有在正式場合才會稱呼對方的職位。因此在聽到兩人的話後，肯尼士也嚴肅了起來，頓時一股軍人特有的凜然氣息從他身上散發出來。

「說。」

兩人隨即把在古遺跡遇上四殿下等人和活祭品的事告訴老騎士，當然還有從西維亞公主那兒獲得的情報——國王的身體被惡靈侵佔與他們對此事的猜測與想法。

「可惡！竟有這種事!?」老騎士憤然緊握雙拳，連手心已流下鮮血也不自知。

他們說話時並沒有避諱，在場的正副騎士長自然也知悉了事情眞相。雖然菲洛等人這番話實在令人匪夷所思，可是卻沒有人質疑它的眞實性。

一來是因爲卡戴維這位第三分隊的副隊長是出名辦事認眞的老實人，以眾人對他的認識，青年是絕對說不出這樣的謊言的；其次就是也只有他們這個聽起來光怪陸離、配以現實卻合情合理的故事，才能解釋帝國近期連串的詭異事件。

薑是老的辣，激動過後肯尼士立即收拾好情緒冷笑道：「竟然把主意打到我們國王身上，還想擊殺無辜的四殿下？我管他是什麼惡靈，這件事必定不能讓他得逞！眾騎士聽令！」

肯尼士命令一出，在場騎士們幾乎本能立正起來，並大聲回應：「是！」，充分顯示出良好的紀律。

「每隊皇家騎士分爲十小隊，每小隊各自率領一百步兵，分別散布於王城四周巡邏。他不是想讓我們擊殺四殿下嗎，我還正好缺少一個領兵的藉口呢！」

「就讓我們布下天羅地網，等待四殿下回來甕中捉鱉吧！」

ch.1 精靈森林

利用天鈴鳥作引導、生命之樹爲座標，精靈族的空間魔法與我先前所碰到的各種傳送陣有所區別。伊里亞德的傳送門就不用說了，凶暴得害我完全不想再回憶起相關情節。與妮可一起投資研製的傳送陣雖然比較溫和，可是瞬間的離心力卻依舊少不了。

然而精靈族所建立的這條連接著兩個空間的隧道，不但能看見彼處的景色，越過兩個空間的連接點時更沒有絲毫不適，簡直就與平常散步時的感覺無異。

想不到我竟有幸在短短大半年內嘗試多種遠距離傳送的滋味，想想也覺得實在奢侈得很。

傳送後，展現在我們眼前的是一片美麗無比的森林景致，無論是矮小的花草還是高大的樹木，竟全像剛被雨水沖洗過般露出最天然艷麗的顏色，給人一種亮麗且充滿靈氣與生機的感覺。

明明是初次看到如此美麗的森林，可是內心深處卻隱隱有種很熟悉、卻又有點忐忑不安的感覺，就像是個離家很久的孩子，在即將回到家時心情懷念不已、卻又有點近鄉情怯。

「維，怎麼了嗎？」隨著多提亞充滿擔憂的視線，我疑慮地摸了摸臉，這才驚覺自己不知何時竟已淚流滿面。

「沒、沒事，剛剛只是有點恍神而已。」慌慌張張地用衣袖擦了擦臉頰，一向很少哭泣的我卻當眾流起淚來，這讓我感到非常尷尬。

看到我的反應，克里斯一雙漠然的淡藍色眸子浮現起淡淡暖意。我不知道內心的悸動是否與體內流動著的精靈血脈有關，可是看到這位現任白色使者的眼神後，卻讓我肯定了這個猜測。

重回精靈森林的天鈴鳥毫不掩飾到家的欣喜，只見鳥兒拍動著翅膀展翅高飛，羽毛在陽光下不停變換著七彩的色調，隨即靈動優美的動聽歌聲響徹林間，在傳達著喜悅心情的同時，也通知森林裡的精靈們客人的到來。

對森林中大大小小事物瞭如指掌的克里斯是個稱職的導遊（雖然這位導遊的熱情嚴重不足……），動植物的品種、習性奇特的魔獸，甚至隨手指著一截老樹根他也能侃侃而談，一路下來讓我們長了不少見識。這才驚覺眼前看起來美麗無比的古老森林，原來蘊含著這麼多深奧的學問。

一直默默隨同隊伍前進的諾曼忽然擋在卡萊爾的身前，本來空空如也的雙手不知什麼時候已握著一把銳利的匕首。銀灰的眸子冷冷注視著不遠處的草叢，眼神宛如一頭擇人而噬的野狼。

「諾曼，等一下。」看青年這種反應，顯然是從草叢中察覺到了異常動靜。然而我們此刻是在精靈族的領土上，並不是荒僻無人的森林，應該不會有什麼危險才對。爲免行動派的諾曼衝動出手傷了與精靈族之間的和氣，卡萊爾慌忙止住屬下攻擊的舉動。

我凝神打量諾曼警戒著的草叢，那裡看來一切正常，並沒有任何可疑之處。

不過事實很快便證明我錯了。在卡萊爾喝止諾曼攻擊的同時，草叢傳出「沙沙」的聲響，隨即數條略顯纖瘦的身影輕巧地從叢林裡躍出，竟是五名長相秀麗的年輕精靈！

這是我初次看見克里斯以外的精靈，不由得仔細打量眼前這些驟現的美麗身影。

精靈族不愧是最得吟遊詩人喜愛的美麗種族，那纖瘦的身材、秀麗的相貌以及優雅出塵的氣質，單是五名精靈並排而立的景象，已優美得像是一幅圖畫。

這名散發著冰冷殺氣的人類青年竟能察覺出精靈的所在！這點顯然出乎他們的預料。五名精靈先是驚疑又好奇地看了諾曼一眼，這才笑嘻嘻地把視線投在我身上。

對方的瞳孔猶如不染塵埃的天空般純淨無瑕，與經常行走在外的克里斯相比，這五名精靈的眼神還帶有一絲不諳世事的天真。毫無敵意的眸子閃動著最真摯的親切，讓人不由得回以同樣眞誠的笑容。

精靈族的階級觀念顯然不如人類重，五名精靈向我與克里斯行了一禮後，便自來熟地與我寒暄問暖起來，一點兒也沒有人類間王族與平民的疏離感。這種輕鬆感讓我很舒服，嘴角勾起的笑容不由得燦爛了幾分。光是數名出來相邀的族人，已令我喜愛上這個被喻為「自然界的寵兒」的神祕種族了。

跟隨著五名領路的精靈，我們越過一道又一道由茂密樹林所形成的天然通道。據其中一名精靈解釋，這些通道全都施上了眾多防護魔法，任何偽裝在這空間都無所遁形。

形成這宏偉隧道效果的大樹，則全是足有千歲高齡的樹人！

樹人是個很奇妙的種族，他們本來只是平凡的樹木，在獲得靈力的滋潤、經過漫長的歲月後竟衍生出靈智。不但擁有人類的五感，根部更能離開地面猶如雙腿般行走。他們體型巨大、力量驚人，卻有著行動緩慢及畏火等缺點。

傳說樹人是「生命之樹」的守護者，這說法是不是真的倒難說。不過根據精靈們的解釋，這些平常動也不動、看起來與普通大樹無異的樹人的確會本能地保護生命之樹。而且也只有精靈森林擁有孕育樹人的條件，在其他地方不但沒有如此豐厚的靈力滋養樹木，光是其他種族的破壞，早已鮮少出現樹齡超過千年的老樹了。畢竟在外面的世界，如此宏偉的擎天巨木早就被人類砍伐作建築等用途，哪還會讓它慢慢成長？

得知身旁的大樹竟就是只存在於傳說中的樹人，我好奇地打量著這些動也不動的樹木，只覺得除了體積大得驚人外便與尋常大樹沒什麼不同，看了一會兒也就失去了興致。然而就在我們踏出通道的瞬間，這些大樹的枝椏竟無風自動，就像在揮動著手臂向朋友道別。

高大得遮蔽住天空的枝椏同時擺動，絕對可說是聲勢浩大、令人歎爲觀止。受到現場氣氛的感染，我沒有多想，轉身便朝樹人們揮揮手：「呃……再見……」

一時之間翠綠的樹葉「沙沙」作響，猶如陣陣愉悅的歡笑聲。

我朝一堆大樹揮手說再見的樣子必定傻得很，瞬間所有人都把視線投在我身上，害我不禁不好意思地垂下了眼。

見狀，領路的精靈們全都發出善意的笑聲，然而笑聲剛發出不久便倏然而止。只見他們轉身恭恭敬敬地行了一禮：「陛下。」

愕然地往精靈們行禮的方向看去，剛才眾人被樹人族的動靜吸引了注意力，竟沒有發現越過通道後便是一片平坦的平原，精靈族正聚集在一棵大得驚人的樹旁，似笑非笑地看著我。

觸目所見的景象讓我差點暈倒。也就是說，我剛才那傻裡傻氣的一舉一動，全都落在對方眼裡了……

唯一讓我感到安慰的是，對方的笑容並不是嘲笑，而是充滿親切感、有點寵溺、有點欣賞的那種。

見我一臉茫然，他們的笑意更深了，最終只是意味不明地評價了聲「殿下果然不愧爲卡洛琳陛下的女兒。」後便不再作聲，害莫名其妙的我納悶了許久。

只是納悶歸納悶，該有的禮數還是不能少。與多提亞等人交換了眼神，我們便用精靈族的禮儀向其中一名俊美的精靈族男子行了一禮。

男子——也就是精靈王亞德斯里恩與所有精靈一樣，有一張人神共憤的俊美臉龐。以外貌來說大約是人類二十七、八歲的年紀，比我想像中的要年輕得多。男子一頭相較我的月色髮絲要燦爛上幾分的淡金長髮並未如其他族人般束起，而是隨意地披散在肩膀上，給人一種說不出的高貴優雅感。

精靈族的臉部線條不論男女都較爲柔和，亞德斯里恩當然也不例外。然而一身優雅的氣質卻帶有一絲上位者特有的尊貴氣息，令他那張略顯中性的臉孔硬是比同族多了一分凜然之氣。

只見亞德斯里恩好奇地詢問：「雖然那些孩子向我這邊行了一禮，可我身旁足有數千精靈，你們怎會知道我就是精靈王？」

如果詢問我的是人類的王者，我必定會以「因爲陛下有著他人沒有的王者之氣」這種理由忽悠一下對方，畢竟「奉承」這種東西在王室禮儀教學中可是與「禮貌」劃上等號的。

然而詢問的人是亞德斯里恩，精靈族那猶如傳說所描述般的純眞與自然給予我非常好的印象，因此我放下了王室所學的那套廢話，直截了當地伸手一指——

「因爲牠啊！」

一隻嬌小玲瓏、毛色變幻莫測的小鳥正停在精靈王肩膀上整理羽毛，聽到我的話後搧了搧翅膀，發出幾聲清靈動聽的鳴叫。

我們早就從克里斯口中得知這隻天鈴鳥是精靈王的契約伙伴，因此鳥兒迫不及待想要親近的人，其身分可謂呼之欲出了。

「原來如此。」精靈王笑了笑，一身尊貴的王者氣息頓時散去幾分，取而代之的是精靈族天生的自然氣息，看向我的眼神也多了分親切，有點看晚輩的親暱感。

克里斯微微地勾起嘴角。少年的笑容有著獨特的韻味，就像在寒冬中忽然吹來一陣溫暖的春風，瞬間融化了冰雪。

可惜這美麗的笑容總是很短暫，才剛勾起，很快便消失無蹤。

少年小聲地在我耳邊讚許了一句：「很高興殿下沒有把人類貴族那套用在我們身上，在降魔大戰結束後的慶祝晚宴上，我們就受夠人類的虛偽了。」

聽到少年的話，我不禁在心裡暗呼驚險。還好沒把馬屁拍在馬腿上，不然精靈族雖不至於把我這個擁有一半血脈的族人排除在外，但態度定不會如現在這般熱絡。

經過簡單的觀察與介紹，我發現在場的精靈們青壯者佔大多數，其次則是年輕一些的，至於數量稀少的十多名老人全都位於長老的高位。

不過仔細一想也就不足為奇，以精靈的漫長壽命，能生存至這種垂垂老矣的老人級別絕對是年紀過千的老妖怪。先不論這些老人的才能如何，單是長年累積起來的經驗就足以勝任長老有餘了。

不過老人卻不是最稀有的，整個精靈族數千人中，我竟沒看到一個小孩子！

當我把疑問提出後，亞德斯里恩略帶遺憾地笑道：「是的，我族繁殖能力遠不及其他種族，若不把西維亞妳計算在內，族中已有數百年沒出現新生的族人了。」

數百年？

我不禁無言。百多年對人類來說已可走完整個人生，數百年更足以讓他們投胎數次了吧？

也不對。不是有句話說「十八年後又是一條好漢」嗎？如果這數百年套在一個十八歲便死掉的短命鬼身上……咳！離題了……

與大家打過招呼後，亞德斯里恩便親自帶我來到那棵比沿途所見樹木還要巨大得多的大樹前，而多提亞等人卻被其他精靈有意無意地阻擋去路，雖然對方沒有明言，可是不希望人類過於接近大樹這點卻表現得很明顯。

見狀，眾人也就順勢與身旁的精靈攀談起來，沒有陪同我一起往前走。

我對這棵被精靈們視爲一級保育植物、體積大得驚人的巨樹的眞實身分早已有所預感。果然亞德斯里恩的介紹證實了我的猜測，這棵大樹正是精靈族的珍寶、鼎鼎大名的生命之樹。

先前被熱烈歡迎的精靈們包圍著，直至此刻我才有機會靜下來凝神觀察這棵奇妙的生命之樹。第一個感覺就是大！非常非常的巨大！那些樹齡過千的樹人在生命之樹面前簡直就是大象與螞蟻的分別！

朝著天際延伸的枝椏高聳入雲，竟然完全遮蔽了這個足以容納數千人平原的天空，給我一種明明站在戶外卻置身於室內的奇異感覺。樹幹看起來就像一面廣闊的木製牆壁，即使遠遠望去也無法看到整棵樹的全貌，只能勉強窺視到它的一部分。

此刻我就站在這面看不見盡頭的「木牆」前，頗有種瞎子摸象的感覺，若不是望向遠處還能看到部分樹的邊緣，我還真無法相信世上竟有如此巨大的植物。

生命之樹旁有座小小水泉，泉眼寬度只有兩、三公尺。水很清澈，從泉眼上方往下望，能清晰看見不少深入泥土的鬚根於泉底交錯而生，看起來猶如一張複雜無比的魚網。淡淡甘甜的氣味從水中傳來，探頭查看的我只是聞了這氣味一會兒，竟覺得思路變得特別清晰，旅行所帶來的疲倦也隨即消失無蹤。

看到我訝異的神情，亞德斯里恩笑著解釋：「這座水泉是族人一點一滴搜集清晨的露水，並經由生命之樹長時間靈氣滋潤，花費了萬年時光才形成的生命之泉。別看這兒泉水不多，生命之泉的泉水只須一滴便能擁有起死回生的神奇功效。」

看著這些清澈透明、散發著陣陣清香的珍貴泉水，我體內竟生起一股莫名的燥熱，彷彿只有這些清澈冰涼的泉水才能平息這份來自靈魂的騷動。

心知這些泉水的貴重，我立即壓下想喝上一口的衝動退後了數步，再也不敢把視線投向這個對我來說忽然變得充滿吸引力的泉眼。

察覺到我的異狀，亞德斯里恩訝異地睜大雙目：「克里斯，西維亞她？」

少年默然頷首，立即換來精靈們的驚喜神情。

「好！太好了！天大的喜訊啊！我們這些老傢伙已記不清到底有多少年沒爲年輕一輩主持過血脈覺醒的儀式了！只繼承了一半精靈血脈的小公主覺醒的機會本就不大，現在竟然……不愧爲卡洛琳陛下的女兒！」其中一名長老激動地用手指梳著長長的鬍子。

看他欣喜若狂的神情，我不禁擔憂地看著他那顫抖的手，生怕老人一個激動，控制不住力道，把這不知留了多久的長長鬍子一手扯斷。

聽他們的對話，似乎生命之泉與血脈覺醒有著密不可分的關係。不過精靈們的反應還眞有點像家屬得知女方懷孕後的狂喜，害我心裡狠狠地惡寒了一下。

看得出精靈們眞的很高興，然而克里斯接下來的話，卻像對著他們兜頭淋上一盆冷水般，讓眾人熾熱的心情瞬間瓦解。

「恐怕生命之泉在這次儀式上是用不著了。殿下已經決定繼續以人類的身分生活，因此儀式無須進行至最後。」

聽到克里斯道出我之前做出的選擇，一時間精靈們燦爛的笑容全都凝結在臉上，看起來實在滑稽得很。然而想到大家失望的心情，我就完全笑不出來。

人類的親友對我來說無疑是非常重要的，可是我同樣很喜歡這些新認識的精靈族人，實在不忍看到他們失望難過。

但我終究要選擇其中一方，總不能把人撕開成兩份，左邊給人類、右邊給精靈吧？克里斯的做法是對的，長痛不如短痛，早點把話說清楚，也省得他們希望愈大、失望愈大。

不過，冷靜過後，精靈族的反應卻讓我很感動。亞德斯里恩雖然對我的選擇感到很失望，但還是宣布會與長老們親自主持我的覺醒儀式。

要知道現在我的小命與儀式的成敗已連在一起，他們若鐵了心要把我留下，大可以此作爲威脅。可是精靈們不但沒有讓我爲難，反而還盡力給我最強大可靠的支持。無關乎任何利益，他們只是單純地希望我能順利度過難關。

人類中，自己得不到便也看不得別人好的人比比皆是，在這點，精靈可比人類大方厚道得多。

精靈的態度令人感動，不知不覺間我已沒有了一開始的生疏感，暢所欲言地與他們閒聊著。

「小公主，聽說妳在帝國被人欺侮了？」三長老是個舉止優雅、身材纖瘦的長者，可在提及這個話題時，雖然依舊笑咪咪、一臉和藹可親的樣子，然而身上卻迸發出一股生人勿近的冷冽殺氣。

「別怕，告訴長老爺爺，我們替小公主出頭！」見我沉默不語，其他長老紛紛出言替我壯膽。卻不知我並非對這話題有所顧忌而選擇沉默，而是我被他們的反應嚇到了。

看到長老們那副恨不得替我把仇人五馬分屍的神情，說不定我才把父王供出來，他們便會立即衝進王城把人碎屍萬段。

到時候我可眞的應了那個被誣衊的罪名，成了害父王致死的逆賊……

一向與世無爭的精靈們脾氣也許很好，但絕不是任人欺侮的軟柿子，一旦越過了他們的底線，這個看起來很善良、很和藹的美麗種族是絕不介意傾巢而出與對方玩玩的。

看著一個個殺氣騰騰的精靈，此刻的我，對於他們那護短的個性可深有感受啊……

然而這種被關懷愛護的感覺……我喜歡！

從小到大，可沒有哪個長輩會如此毫不猶豫地站出來爲我出頭。父王雖疼我，可他有太多情況要考量、太多事情要顧忌。難道他不知道二、三王姊的野心嗎？當然不。可是在沒有眞憑實據前，他無法向兩人出手，也不能任意收回她們的權力，更不能對我有任何偏袒，只因三位王姊的母親，正是來自與帝多家族同樣古老尊貴的馬拿家族！

馬拿家族的家主——比奧．馬拿是個充滿野心的男人，應該說他們整個家族都流有不安分的血統。當年父王年幼即位，帝國處於一片動盪，比奧讓妹妹嫁給年僅十三歲的父王，也不排除有著想要以外戚身分將菲利克斯王室取而代之的意思。沒想到在降魔之戰爆發後，父王聲名大噪，王室威望一時無雙，以致他們的計畫最終無疾而終。

若父王表現出任何偏袒我的舉動，比奧．馬拿絕不介意以此來大作文章，為馬拿家族謀取更多的福利。

聽說父王的第一任妻子也是個很有野心的女人，與她簡直像同個模子刻出來的二、三王姊就更不用多說了，只是卻鮮少有人知道，與我關係最好的大王姊，她的權力欲其實並不比兩位妹妹少。

只是大王姊像她的母親，可同時也像父王，多少總算顧忌著血脈親情而沒有動手除掉那兩名老是與她唱反調的親妹妹。大王姊曾說過，之所以一直不動她們，一來是不忍心，二來是可以調劑生活，最後一點，則是當菲利克斯帝國的女王太沒有挑戰性了！

這個擁有悠久歷史的帝國早已定型，貴族、富豪、權臣在國內盤根錯節。而大王姊想要的，卻是個任她說了算的國家。

結果在多番考量、並且計算過自己謀朝篡位的機率後，大王姊最終選擇了一個貧窮的國家，懷著當白手起家女王的美夢，喜孜孜地出嫁了。

只是這麼多年過去了，仍未傳來大王姊把丈夫一腳踢開、自個兒把持朝政的消息，即使那個內亂不斷的史賓社公國已逐漸變得和平富裕，成為與菲利克斯帝國齊名的泱泱大國，可國王卻還是原本的那一個。

如此匪夷所思的發展，令我對那位素未謀面的姊夫好奇得要命，若取得誕生禮後沒發生這一連串事，我早就跑到史賓社公國看看這位姊夫到底是何方神聖了。

算算日子，從父王被惡靈附身已差不多有一年了，即使王城把消息封鎖得再密，憑大王姊的能力也應該察覺到不尋常的蛛絲馬跡了吧？也許不用我特意遠至史賓社公國探訪，很快便能看到這位神祕的姊夫了。

ch.2 故居

本來我還在發愁該如何說動精靈族出手相助，想不到才剛見面，他們便已熱情地毛遂自薦起來。看眾精靈一副同仇敵愾的神情，只差沒有明晃晃地說：讓我幫忙吧！我想要幫忙！

我自然不會放過這大好機會，把事情始末一五一十地說了出來。

當然敘述的過程中不免多次表明父王本身也是身不由己的受害者，就怕精靈們一個激動便跑去暗殺父王。

毀滅人類雖然絕對不可能，可是刺殺一國之君嘛……這對精靈族來說早已不是新鮮事了。要知道精靈們的弓術可是一等一的好啊！遠距離攻擊絕對防不勝防。

把一切交代清楚後，我再次重申：「很感謝大家的心意，我確實非常需要各位的協助，精靈族的幫忙絕對能起到卓越的『震懾』效果。」

聽我在說「震懾」兩個字時故意加重了語氣，大長老哭笑不得地說道：「放心吧！我們的小公主，精靈族是愛好和平的種族，如非必要，是不會挑起戰爭的。」

我滿臉懷疑地挑了挑眉。

是喔？那剛才滿身殺氣、說要替我把王城殺個血流成河的人是誰啊？

我因為一直以人類身分成長，遲遲沒有進行覺醒儀式，所以對前後已歷經兩次血脈騷動的我來說，進行儀式已成了最刻不容緩的事。據克里斯的解釋，血脈騷動會一次比一次嚴重，第二次已經差點兒要了我的小命，若發生第三次，只怕就連少年所贈送的生命之樹葉片也無法保我周全了。

然而覺醒儀式的事前準備繁複耗時，最快也是明天的事了，長老們鄭重地把儀式相關事項告訴我後，我們便被領到暫住的居所休息。

森林中動輒便能看到高聳入雲的大樹，精靈族並沒有浪費這個得天獨厚的環境，他們把住所全部建在大樹的枝椏上。觸目所及，一間間小樹屋獨特而雅致，門栓及窗框等處竟還雕上了繁複的花紋，宛如精緻美麗的藝術品。

精靈族說好聽點是神祕，說難聽點就是孤僻。一直自成一處地在精靈森林隱居的他們自然不會備有招待客人的客房，還好母后與伊里亞德當年居住的屋子仍保存著，正好成為我們暫住的處所。

據克里斯的描述，這兩間樹屋面積雖不算大，可是裡頭的家具、器皿等必需品一應俱全，只要添加一些床鋪便足以住下來了。

一想到能住進母后的故居，我不禁心頭一熱，步伐也不自覺地變得愈來愈快。眾人諒解地笑了笑，也配合著我加快了前進的步伐。很快地，一行人風風火火地便來到一棵巨大的老榕樹下。

兩間外型簡樸的樹屋一右一左地佔據在老榕樹的枝椏上，我迫不及待地詢問克里斯哪間是母后的故居後，便立即往少年所指示的右邊樹屋掠去。

眾人相視一笑，也跟隨著我闖進這間閒置多年的樹屋。

懷著激動的心情進入屋內，外型簡樸的樹屋內部沒有多餘的裝潢，然而仔細一看，卻發現裡頭大至家具、小至碗碟等器皿全都有著精緻美麗的花紋，而且這些繁複的花紋不是出於魔法，竟全都是手工製作的！

「不會吧？竟然連馬桶也有雕花？這些精靈未免也太閒了？」剛剛「光顧」了廁所的利馬，一臉發現新大陸的神情衝出來大呼小叫地發出感歎。

一時間，所有人都囧了。

「噗！」喝著水的夏爾，一口將清水噴了出來……

就連多提亞也愣了愣，這才反應過來搖首笑罵：「這傢伙說話還是那麼粗鄙直白……皇家騎士的臉都被他丟光了。」

我甩甩頭，努力把腦海中徘徊著的「母后雕馬桶」的可怕幻想甩開。

剽悍無比的奈娜難得臉紅，諾曼仍舊酷酷地一言不發，卡萊爾則是假咳了聲：「呃……精靈族的壽命漫長，他們總需要找些興趣來打發時間。」

利馬滿臉懷疑地詢問了聲：「例如雕刻馬桶？」

「……」

受不了這令人尷尬無比的氣氛，我努力轉移著大家的注意力。

「說起來，我們還沒參觀伊里亞德的故居呢！」

剛從廁所步出的利馬也許是因為受到的衝擊太大了，偏偏哪壺不開提那壺地說道：「這提議不錯！正好去看看那傢伙家裡的馬桶有沒有雕花！」

「……」

說起來，自從在無序之城分別後，我已經有好一段時間沒有見過伊里亞德了。平常男子總是來去無蹤地忽然出現又忽然消失，現在也不知道正在哪兒悠晃著。

其實仔細想想，對於伊里亞德這個總是給人華麗感的男子的住所，不要說是雕花馬桶了，即使出現純金打造的馬桶我也絕對不會有絲毫驚訝，甚至還會覺得很理所當然……伊里亞德果然是個可怕的男人……

聽到利馬這麼一說，大家的興致都來了，一行人懷著異樣的興奮跑往位處於大樹另一邊的樹屋。

怎料我們興致勃勃地闖了進去，觸目所及卻是與母后故居全無二致的裝潢與擺設。眾人立即怨聲載道，正所謂希望愈大、失望愈大，此刻我們深切感受到了。

本以爲今天的驚奇已盡，怎料一直在旁默不作聲的克里斯竟突然現身，像要力挽狂瀾般說道：「這間屋子的重點不是廁所，是他的臥房！」

看少年說得咬牙切齒，素來淡然的臉上更是露出強烈的厭惡，這讓我們已經熄滅的鬥志再度燃燒起來，二話不說便爭先恐後地闖進臥房裡。

伊里亞德房裡的窗戶在這個時段正好向著猛烈的陽光，加上長久閒置的緣故，也就沒有把窗簾拉上。因此當我們闖進去時，全因刺眼的陽光而瞇起雙眼，一時間看不清楚房裡的擺設。

被陽光刺痛眼睛的我只感到雙腳踏上一個柔軟的地方，腳下這讓人舒服無比的觸感瞬間掩蓋了我對房內裝潢的好奇。低頭一看，這才發現整個房間的地板全都鋪上了不知道由什麼動物的毛皮所造的厚毛地毯！

即使腳上穿著鞋子，我卻仍舊能感受到毛毯的舒適與魅力，這種誘人的柔軟感覺讓人有種想就地躺下滾來滾去的衝動。

直到發現大家似笑非笑的視線，我才驚覺剛才不小心把腦海裡的妄想脫口而出……

克里斯語帶厭惡地冷冷說道：「只要殿下想像一下那個沒節操的傢伙曾與多少人在這張毛毯上滾來滾去，您就不會想躺下去了。」

我愣了愣，不禁因白色使者的話而幻想起一些青少年不宜的情節來。摀住紅燙燙的臉龐，我納悶地詢問：「不是說精靈森林早就封鎖起來，其他種族無法輕易進入了嗎？」

「那個小鬼的房間設有傳送陣。」

「……」我也不知道該爲伊里亞德被外表比夏爾還小的克里斯喚作「小鬼」而感到好笑，還是應該先慨嘆那個男人果然大手筆，竟然爲了偷腥而無所不用其極地乾脆在房內設置一個傳送陣……

傳送陣！

想起顯然出自於同一人的手筆、散發著闇元素的古遺跡魔法陣以及連接封印魔族軍團長的傳送門，我迫不及待地移開打量著毛毯的視線東張西望起來，想看看設在房裡的魔法陣是否如先前所見般，以凌亂的祈禱文刻劃而成。

然而，抬頭的瞬間，我再度陷入了呆滯中。

地板上米白色厚毛毯雖然給人奢華的感覺，但整體上仍能讓大眾接受，只是當視線觸及房裡一系列擺設時，我真的被嚇到了。

玫瑰紅的巨型睡床即使容納五名成年人也不會覺得擁擠，同樣顏色的被褥有點凌亂地堆放在床鋪上，整張大床給人淫靡無比的感覺，一看就知道它的主人在上面除了睡覺外，少不了有著兒童不宜的樂子！

看著這張顏色鮮艷刺眼、絕不是什麼好東西的睡床，我不禁嘴角一抽，打死我也絕對不要睡在上面！

如果說腳下的地毯會讓我想躺下來滾來滾去，那麼這張看起來同樣舒適的睡床卻只會讓我想讓夏爾用魔法把它轟成粉末！

就在眾人對睡床乾瞪眼之際，那張一看就知道價值不菲、質感舒適的玫瑰紅絨毛被子竟忽然動了動！

被子裡有人!?

見狀，最接近睡床的奈娜與利馬動作俐落地迅速後退，並把手按在腰間的劍柄上，全神貫注地警戒著藏身於被窩裡的人的一舉一動。

既然睡床是KING SIZE，那麼被子自然也不小。凌亂堆積著，看過去就像一座小山似地，完全沒有人猜得到裡面竟然還藏著東西！

看著蠕動中的被窩，老實說，我並沒有太大的緊張感，反而感到好奇。若藏在裡面的人懷有惡意，應該會靜悄悄地潛伏著，等我們接近至攻擊範圍內才對，而不是輕易地讓大家察覺到他的存在。

就在眾人全都屏息靜氣等待對方下一步動作之際，被窩裡的人倒是很乾脆地一翻身，一張睡眼惺忪、充滿著魅力的俊臉頓時出現在眾人面前。

一時間，場面整個混亂了！

因為床上的男人除了展現出那張俊美得人神共憤的俊臉外，還展露出修長有力、彷如雪豹般優美無雙的肉體！泛著冷光的絲絨被一小部分凌亂地披在他的身上，卻遮掩不住多少春光，在翻身瞬間，某重要部位還若隱若現地閃露了一下……

再之後的，我便不知道了……因為在男子翻身的瞬間，多提亞便立即用身體遮掩住我的視線，害我除了那經典的一秒外什麼也看不見。

既然精彩的沒得看，那麼看看其他人的反應也是不錯。在場女性除了我以外就只有魔劍士奈娜，我連忙興致勃勃地往女子的方向看去。

只見奈娜正狀似害羞地雙手摀住眼睛，可是……妳的手指也張得太開了吧？根本就是在手指縫中偷看！

由於這場突如其來的裸體秀，現場頓時一陣雞飛狗跳，騷動立時把床上的睡美男吵醒了。被多提亞身影遮擋住的我，只聽見一道充滿磁性的動聽男聲帶著笑意慵懶地向大家打了聲招呼：「嗨！」

霎時，大家全都從混亂中恢復過來。

「嗨你的頭！快點把被子拉上！」利馬火大地舉起拳頭便往伊里亞德的俊臉砸下，卻被男子輕鬆閃過。

「團長您好。」卡萊爾微笑地打了聲招呼。

聽到卡萊爾的問候，夏爾隨即也回過神來，慌慌張張地道了聲：「團長好。」

似乎一直樂此不疲地從手指縫偷看的奈娜被嚇到了，再也顧不上繼續裝純情，掩面的手改爲指向床上的美男子。

「他就是創神的團長伊里亞德？」

多提亞則是諄諄告誡著我：「維，妳以後離這個人遠一點。他已經心理變態得有裸露的傾向了。」

我心有所感地點了點頭。

「喂！哪有人對著當事人這樣說話的？」伊里亞德立即抗議了。

多提亞笑容燦爛地說道：「我沒看到什麼人，只看到一隻有裸露傾向的蟑螂而已。」

被騎士長用身體遮掩住視線的我，只感到上空忽然暗了起來，卻是巨大的玫瑰紅絲絨被從天而降，一下子便把我們覆蓋在被子中。

「嘩！伊里亞德你在幹什麼？」

一時間抱怨聲、驚呼聲以及咒罵聲此起彼落，雖然我看不到其他人的狀況，可是聽聲音，似乎大家都遭殃了。

混亂了好一陣子後，我們才陸續從厚重的被子裡逃出，此時伊里亞德已穿上了寬鬆的浴袍，悠然自得地傾臥於睡床上欣賞著我們的狼狽樣。

我眞的覺得伊里亞德作爲創神傭兵團的團長實在太浪費了，世上有很多更能讓他一展所長的職業，例如男公關之類的……

面對眾人對從天而降的被子的指控，伊里亞德厚顏無恥地說道：「這不能怪我，要怪就怪你們一副色狼樣盯著我的身子看，人家也是會害羞的。」

你會害羞？這種鬼話連三歲小孩也不騙不了吧？還有別學少女的語氣說話！

利馬氣沖沖地甩開抓在手裡的厚被一角：「誰想看你了？根本就是你在公然露體好不好！」

伊里亞德正氣凜然地說道：「這裡是我家，我就是愛裸睡怎麼樣？要怪就只能怪你們也不敲門，一個勁兒地往我的房間裡衝。」

呃……這麼聽起來……他說的話有好像滿有理似地……

「好了，有什麼事情晚點再說。小貓咪，妳過來一下。」

聽到這個異常肉麻的稱呼，奈娜與諾曼立即向我投以怪異的視線。「噢！別叫我小貓咪啦！」雖然嘴巴這麼說，可我還是乖巧地往男子走去。

伊里亞德看起來雖然總是不正經的樣子，可是我們都知道這位團長大人其實是非常可靠的。

把我拉近床邊，伊里亞德伸出食指挑起我的下巴。

這個曖昧的動作讓我的臉不爭氣地紅了起來。可是在看到男子難得沒有戲弄我、神情更是凝重又認真時，我也逐漸壓下了害羞的心情、惴惴不安了起來。

他該不會在看清楚後斬釘截鐵地說出一句：「妳的臉上出現死相，馬上將不久於人世！」之類不祥的話語吧？

「血脈繼承得不錯，看情況，第二次覺醒該已經出現了，眞虧妳能撐過來。」

「啊……那是因爲克里斯給了我一片生命之樹的葉子。」原來是在看這個……吁了口氣，我安心下來後又不禁奇怪地想——原來這也能看得出來嗎？

彷彿看穿我心思，伊里亞德笑道：「我也有雙好眼力。小貓咪忘記了嗎？」

這麼說來，的確，在古遺跡時，就只有這個拚命散發費洛蒙的傢伙與我一樣，能在完全沒光線的環境下正常視物！

「伊里亞德，你到底是……」

到底是誰？

我知道你曾與母后一起在精靈森林現身，也知道你被世上稱爲「闇法師」、知道你是創神的團長，可是、可是……我卻總覺得一直以來並未眞正認識你。

男子笑著揉了揉我的髮絲。

「我會告訴妳的。我這次回來，就是爲了幫助妳。」

忽然，伊里亞德的動作倏地停止，臉上的笑容也隨即轉變成疑惑與凝重。

「小貓咪，妳最近有遇上誰嗎？」

「怎、怎麼了嗎？」我疑惑地看著男子再次變得嚴肅的神情，心裡生起不安的情緒。努力回想著與伊里亞德分別後的這段時間內，曾遇上過什麼大人物，竟然能讓對方如此重視。

老實說，這段日子裡還眞發生不少事，可是說到新認識的人嘛……像是凱特、莉莉等人，好像也沒有會令伊里亞德如此愼重其事的人吧？

若男子這疑問是在無序之城見面前提出的話倒可以理解，畢竟在那之前我與卡利安可是遇上了鼎鼎大名的魔族軍團長。然而珍珠與花火的事，伊里亞德早就在無序之城相遇時知道了不是嗎？

「妳身上留有高階魔獸的氣味，還有一絲龍威。」

等、等等！高階魔獸我是知道，在布藍達城我們的確曾與高階魔獸作戰，可是龍威到底是打哪兒來的!?

相較於眾人滿臉驚異的神情，克里斯卻依舊一臉淡定。

「是金的兒子。」

伊里亞德恍然大悟地點點頭。

「喔！是那小子啊！的確，算算日子也差不多了。」

「到底是怎麼一回事了？」我不滿地抿了抿嘴。你的疑問是解開了，可是我的心裡卻仍滿是問號啊！

曾被飛龍追殺過的我，對「龍」這種力量龐大的生物有著深刻的印象。當時我所遇見的還只是亞龍而已，但卻已是九死一生的局面了，到底什麼時候又遇上了龍族，怎麼我自己完全不知道!?

伊里亞德似笑非笑地拍了拍我的肩膀：「不用那麼緊張，其他龍我不敢說，但如果是那個傢伙，應該能和小貓咪妳相處得不錯。」

我就說，到底那個金的兒子是誰啊？有沒有人能夠解答一下這個疑問!?

看到我幾近抓狂的模樣，伊里亞德樂了：「小貓咪妳真厲害，竟然與一頭龍同行、還認不出對方的身分！只比那個身上被魔族下了印記，卻呆呆不自知的小子遜色一點而已。」

我慌忙瞄向夏爾，見少年並沒有察覺到團長所說的人正是他後吁了口氣，隨即把伊里亞德拉至一旁：「你別把這件事告訴夏爾，他本就膽小，嚇到就不好了。」

伊里亞德挑了挑眉：「妳就不擔心那對雙胞胎會對夏爾不利嗎？」

我愣了愣：「夏爾那麼疼她們，她們又怎會傷害他？何況夏爾好歹也是『創神』的成員，那印記若真有問題的話，你也不會坐視不管的，對吧？」

聽到我這般詢問，男子搖首苦笑道：「果然只要得到妳的認同，妳便會凡事往好的方向去看啊……妳難道忘記她們曾是讓人聞風喪膽、殺人如麻的魔族了？」

我理所當然地回答：「魔族又怎樣？我面前還站著大名鼎鼎的闇法師呢！」相較於外表是牛郎的闇法師，外表是小嬰兒的前魔族軍團長又算得了什麼？

伊里亞德愣了愣，隨即大笑起來。

「你還沒告訴我那頭龍是誰啊！」別以爲這樣就可以矇混過關！

男子嘴角勾起一個邪魅的笑容，隨即更肆無忌憚地散發著費洛蒙。

「小貓咪妳又何須如此在意呢？龍族有什麼好？妳面前還站著大名鼎鼎的闇法師耶，看我就好了。」

好個伊里亞德，竟然拿我剛才說的話反過來搪塞我！

聽到男子這麼說，我知道再問下去也不會有什麼結果。雖然與伊里亞德談不上深交，但我還知道這傢伙並不是三言兩語逼迫一下便會老老實實把實情吐出來的人。要是他那麼好說話，我早就從他口中探聽出母后的事情了，哪還讓他繼續在這兒裝神祕？

看到我忿忿不平地生著悶氣，伊里亞德也不在意，自顧自地把玩著披散於肩膀上的金紅鬈髮。

「小貓咪乖～別生氣別生氣。雖然在下是大名鼎鼎的闇法師，但世界上還是有很多讓我忌憚的種族。龍族就是其中之一，我可不敢隨意洩露對方的身分啊！」

我歪頭想了想，這才不情不願地點頭。

「好吧！算你有理。不過先前你答應過會告訴我的事，現在可以說了吧？」

這次伊里亞德並沒有拒絕，但也沒有立即答下來。

「我會說的，再晚一些的時候。」

我不滿地抿起嘴：「爲什麼現在不能說？」

男子笑了笑，說道：「因爲有一個在故事中很重要的角色正要趕過來啊！算算時間，她也差不多快到了吧？」

ch.3 冰釋前嫌

從我被誣陷逃離王城，至今差不多快要滿一年了，露宿荒野的經驗讓我早已習慣如何在短時間內進入深沉的睡眠，快速而有效地恢復體力。

清晨，我精神爽利地從樹屋俯瞰窗外的景致，只見翠綠的枝椏隨風搖曳，發出「沙沙」的聲響。松鼠、小鳥、野兔等小動物遊走在森林間，這片朝氣蓬勃的美麗景象，看了讓人心情也變得好了起來。

一會兒便要進行覺醒儀式了，說不緊張是騙人的，畢竟先前的血脈騷動實在不算什麼美好的經驗，尤其第二次還差點兒要了我的性命。爲了不讓大家擔心，我在同伴面前盡量表現得很平靜，但眞面對性命之憂哪能絲毫不在意呢？

「小維，早安……」臥房被我與奈娜佔領，在客廳沙發上睡了一晚的夏爾，醒來後正好看到我伏在窗框無聊地看著風景。少年揉揉眼睛道了聲早，隨即便一臉迷糊地想要站起來。不過，才剛發力，腳踝便被垂至地上的被單勾個正著，整個人狠狠摔倒地上，發出驚人聲響。

「怎麼了？發生什麼事？」仍在美夢中的奈娜立即被驚醒了，手握利劍的她連外衣都沒有披上，只穿著一件貼身睡衣便風風火火地從房間衝了出來。

結果看到趴在地上悲鳴的夏爾，以及一臉輕鬆在旁看好戲的本公主，她抽了抽嘴角，隨即一言不發地把寶劍入鞘，抓了抓火紅的短髮便轉身往廁所走去——大概是去光顧那個雕花馬桶了？

看到夏爾一如往常地開始浪費晶石，我搖了搖頭便悠然地把視線再度放回窗外景色上，這才發現幾名精靈站在大樹下疑惑地往上看，大概是被夏爾的慘叫聲驚動過來的。

精靈們看到我毫髮無傷地探出頭後，便露出如釋重負的微笑，向我行了一禮便各自踏著輕盈的步伐離去。

雖然害人家白跑一趟的不是我，但我仍是歉意一笑，向精靈們揮了揮手。對方見狀回以友善的笑容，其中一名較年輕的精靈還笑嘻嘻地把手裡的水果拋給我。

樹屋的高度離地面很遠，然而那名精靈的準頭很好，果實正好朝著我迎面而來，讓我輕輕鬆鬆接個正著。

回想昨天遇上伊里亞德後，利馬與多提亞便立即把我趕回母后的故居裡，自己則留守在那間可疑的玫瑰紅臥房中。美其名是借宿一晚，實際上卻是監視爲實。結果當三個男人留在充滿曖昧色調的臥房裡大眼瞪小眼的時候，卡萊爾則是抓緊機會高高興興地雄霸了客廳的位置；至於諾曼當然不會離開青年太遠，自然也留在伊里亞德的樹屋內。

雖說樹屋的面積不小，然而住上五個大男人後還是宣告「客滿」了。奈娜與夏爾順理成章便與我住在一起。奈娜同為女性，並沒有任何不方便的地方；至於夏爾……先不論他年紀還小，他會有做色狼的膽量嗎？

克里斯則是直接隱身消失了，想來精靈森林是他的故鄉，住宿方面就不用我們替他擔心了吧？

悠閒地邊咬著水果，邊想著這些不著邊際的事，耳邊卻傳來奈娜彷彿抑壓著什麼似的嗓音：「妳還真的一點兒也沒有公主應有的樣子。」

女子一番話說得面無表情，也不知道是褒是貶。

我看了看手裡吃剩的果核，並隨手將其拋出窗外：「懶得拿刀叉嘛！」

奈娜好奇了：「和刀叉有什麼關係？」

我訝異地反問：「咦！妳不是在說我與其他公主不同，徒手抓東西吃嗎？」基本上不止王室，我也從沒見過哪個貴族千金吃東西不用刀叉的。她所指的應該是這個吧？

女子沒好氣地說道：「誰理妳用手還是腳抓來吃啊？」

奈娜對我的態度一向不好，我也不指望她會給我好臉色看。因此聽到她這麼說，我也不意外，逕自聳聳肩便轉身不再理會。

看到我們之間的氣氛有點僵，剛治療完的夏爾怯怯地開口，想緩和現場的低氣壓。

「呃……小維……妳要不要上個廁所？」

可惜他的問題實在很爛……

「不用了，你想使用的話請自便。」

夏爾看了看我，再看了看奈娜，便一臉擔憂地走進雕花馬桶的懷抱……

瞬間，客廳只剩下我與奈娜兩人，我疑惑地盯著女子變得愈來愈黑的臉，努力思索著到底我又有什麼地方得罪她了？

明明昨天還好端端的說……

忽然，奈娜爆發了。

「妳就不能討厭一點嗎？不能和普通王族一樣狗眼看人低、視人命如糞土嗎？妳怎不去發動戰爭爭權奪利？不像那些王族自視甚高、動不動便把人抄家滅族？」

我愣住了。

敢情妳這麼生氣，是因爲我達不到妳上述的要求？

我搔了搔臉說道：「抱歉，妳這些要求難度有點高……所以……」總不能爲了讓妳高興，我便跑去打家劫舍、作奸犯科、欺男霸女……咳！口誤、口誤，是欺女霸男才對。

帝國裡階級觀念很重，擁有各方特權的貴族的確大都不是什麼好東西。可是沒聽過人家說「出污泥而不染」嗎？本公主就是那朵傳說中的小蓮花，這也犯著妳了嗎？

聽到我的回答，奈娜忽然全身失去力氣似地頹然倒坐在地。

我的性格吃軟不吃硬，別人對我愈凶我便愈強硬，但最怕敵人向我示弱，我瞬間就會心軟。

看著坐在地上茫然若失的奈娜，我很想乾脆不理她轉身離開，卻又狠不下心把這樣的她獨自留下。跺了跺腳，我走到女子身旁彎腰硬是想把對方拉起。

「我很討厭貴族、王族這些特權階級。不！不止是討厭，應是憎恨才對。」

「……我知道。」

「可是妳卻推翻了我對王族的認知，那教我該如何自處？人人都說四殿下仁厚無雙，那麼慈悲的四殿下，在我家人受到貴族迫害時，妳在哪兒？在妳三王姊使用酷刑折磨我父母時，爲什麼妳不仗義阻止？爲什麼這世上能容許這種事發生？」

聽著女子悲慟的怒吼，我想，我開始有點明白奈娜的想法了……

「奈娜，妳是想要個憎恨的對象，對吧。」我輕聲詢問，語氣卻是確定的。

她需要一個發洩痛苦、分散悲傷的出口，她想把一切注意力都放在仇恨上。或許可以說，三王姊這個害她家破人亡的凶手，既是她復仇的對象，也是讓她能忍耐痛苦的精神支柱。

只要想像復仇時的快感，無論怎樣的痛苦也能咬緊牙關撐過去，只要一想到憎恨對象的臉，她便有著無論多痛苦也能活下去的動力。

然而這個仇人卻忽然因爲禁咒的反噬而倒下，至今生死未知。

瞬間失去怨恨目標的奈娜，除了因三王姊的下場而感到欣喜外，大概也多了失去怨恨目標的懊惱、空虛以及惶然失措等負面情緒吧？

恰巧就在這個時候，我這名身爲王族、同時也是仇人親妹妹的倒楣鬼出現了，正好讓奈娜把滿腔恨意轉移至我身上。在理智上，女子當然知道我是無辜的，可是在情感上，她卻無法原諒任何一個流著王族血脈的人。

雖然無故被人敵視的感覺眞的很糟，可是看到奈娜如此痛苦的模樣，我無法說出任何責怪的話。

最終，我只能嘆了口氣，努力想讓她理解王室的苦處與困難。

「奈娜，對於妳的家人我感到很遺憾，可是我不認爲這是我的過失。世上不公允的事情實在太多太多了，我只是一個人，也許略有權力，可是卻無法拯救世上所有受苦受難的人。」

「父王早在即位時已經開始著手整頓帝國的貴族，可是妳也很清楚這些家族動輒有著數百年的根基，與帝國內的各種產業、富豪，以及一些小家族有著千絲萬縷的關係，並不是說動便可以動的。我們所能做的，只是把他們的勢力慢慢削弱，絕不能操之過急。每實行一項新的政策至少需要三代的磨合，即使父王是曾統領人類參與降魔之戰的統帥也一樣！」

就像我的兩名王姊，難道父王就不知道她們的所作所爲嗎？之所以不對付她們，除了親情的考量外，更多的卻是那些依附在兩名王姊下、滑溜得像條泥鰍般無惡不作的貴族。若不能把他們一網打盡，只怕出手後反會被對方咬一口，讓國家元氣大傷。

其實二、三王姊也發覺到了吧？她們表面上風光無比，然而其實並沒有掌握多少實權。以二王姊爲例，手握軍權的她從不間斷地隨自己的喜好發動小規模戰爭，一副大權在握的模樣。但眞正歸她管轄的卻只有皇家騎士團第四分隊以及一個總數三萬人的軍團，其他皇家騎士與鎭守全國的十多萬大軍她卻沒有調動的實權。

至於三王姊，負責執行律法的她頂多只能設一些嚴刑來滿足她嗜血的癖好，卻無法眞正觸碰帝國的權力核心，所有重要的國策都是由父王親自訂下的，絕不會讓三王姊擁有動搖國家根本的機會。

正因如此，她們也只能依靠詛咒這種見不得光的卑劣方法來奪權，不然二王姊帶領軍隊殺進王城，又或是三王姊聯合群臣逼迫父王退位就可以了，哪會搞得現在一個生死未知、一個被打入大牢的下場？

說罷，我鄭重地允諾：「十年。奈娜，我答應妳，只要再給帝國十年的時間，我們便可以開始進行計畫的第二步。那些欺壓百姓、謀害忠良的混蛋，老娘我一個也不會放過、絕不讓他們有好下場！」

聽到我那慷慨激昂的承諾，奈娜垂下頭，小聲地向我說了一句話……

「嗯？妳說什麼？我聽不清楚。」

奈娜忽然用十倍的聲量大吼一聲，彷彿要把心裡所有陰鬱用這聲吼叫發洩出來似地。

「我說，妳好歹也是公主！就不能斯文一點嗎!?」

千算萬算，也猜不到如此感人的演說後，得到的竟然是這種回應，我頓時愣住了。

良久，才不甘心地抱怨：「好過分，妳就沒有其他感想了嗎？」

看到我哀怨的神情，奈娜「噗哧」一笑，接著笑容竟愈來愈大，最終變成捧腹大笑。

我搔搔臉，只能苦笑以對。雖然實在被她笑得有點不爽，可是看到奈娜恢復活力，彼此的關係也拉近了不少，這讓我的心情好了起來。

趁著女子心情好，我立即趁勢追問：「事情是怎麼發生的？」

笑聲倏然而止，然而這次奈娜卻沒有憤怒地拂袖而去，沉默了一會兒，女子用著漠然的語調訴說她的故事……

這名無論外表還是性格都有點男性化的女魔劍士，竟是系出名門的千金小姐。雖然家族未有爵位，但也是個小有根基的官宦世家。

奈娜的父親是個性格有點軟弱的男人，當上一個不大不小的官，本以爲一家人能夠不愁溫飽、平平凡凡地生活。然而好景不常，奈娜家族名下的一片土地被三殿下看上了。本來將土地送上去也就沒事了，也算是破財擋災，偏偏三殿下相中的那塊地卻是人家的家族墓地，於是素來軟弱的奈娜父親也難得強硬一次，婉拒了三殿下的要求，改爲送上一大片面積更爲廣闊、更爲肥沃的土地。

本以爲如此處理也算給足三殿下面子，事情應該能夠告一段落。怎料這次的強硬，竟斷送了家族三百多人的性命。

他們並不知道，墓地旁的土地全在三殿下的威逼下被她低價收購，就只剩這一片而已。分散的產權與一大片連貫的土地，其價錢差距之大可想而知。正所謂擋人發財猶如殺人父母，加上記恨奈娜家族的拒絕，三殿下把心一橫指使心腹手下誣陷對方有叛逆之心，二話不說便要把他們抄家滅族。

奈娜自小就是個喜歡舞刀弄劍的野丫頭，由於家人不許她學武，結果抄家那天，十二歲的奈娜偷跑到光明教會的聖劍堂偷看人家練劍，便成了家族唯一的倖存者。

三殿下惱怒奈娜父母的拒絕，在行刑前早已用各種殘酷的私刑把兩人活活折磨至死，並將其殘缺不全的屍首高掛於城門上。那片奈娜父母用生命來保護的家族墓地也被三殿下收爲名下，多年後被開闢爲一處商業用地，爲三殿下帶來了相當可觀的收益。

聽了奈娜的故事，我猛然想起好像確實曾有過這麼一回事。那時候我的年紀還小，也不太記得了。印象中是三王姊先斬後奏把一個家族滅掉，父王知道後大發雷霆。無奈那次事情王姊做得滴水不漏，知情的人要嘛死了，要嘛就是三王姊的心腹手下；加上整件事三王姊都躲在幕後，表面上處死奈娜家人的是她的下屬，結果這件事最終也不了了之，只是那名被王姊指使的貴族被削減了一階爵位，並且罰令停薪一年而已。

「我記得……那個手下好像是個男爵……」

「是子爵，艾森豪子爵。三殿下在風頭過去後，便補償他一大筆金錢，幾年後更爲他加官晉爵，結果這男人的爵位到今天不跌反升，還從偏遠的邊境調到王城裡。」一說及這個害她全族的男子，奈娜的眼神立即變得像刀鋒般銳利。

「艾森豪子爵……」我將紫藍眸子閉上，把這個名字牢牢記在腦子裡。

就因爲他，害奈娜一家死於非命，還害我無緣無故被女子敵視了那麼久！三王姊現在不死也絕對脫了層皮，身爲親妹妹我也不好趕盡殺絕，但艾森豪子爵嘛……這條罪我總有一天會找他算清的！

一番話過後，我與奈娜的關係雖說不上親近，但已比先前拉近不少。最重要的是，我們彼此有著共同的敵人，說是同仇敵愾也不爲過。

果然吵架是增進感情的最佳方法啊！

「這是什麼歪理？這麼說的話，多提亞與伊里亞德一見面就吵，也就代表他們的感情很好囉？」

女神大人不贊同了。

一想到那兩人狀似親熱、稱兄道弟的模樣，我立即惡寒了一下，更起了一身雞皮疙瘩。

這時，傳來了「喀卡」的開門聲，我才想起進入廁所良久的夏爾。大概是少年進去後聽到我們爭吵的聲音，便一直待在裡面直至我們自行和好爲止。

我向夏爾豎起了大拇指，少年這個決定很明智。若當時有第三者在場，奈娜大概便會立即把心扉緊閉，我也許就沒有機會得知女子眞正的心聲，失去了彼此了解的大好機會。

想到這兒，我偷偷放出小海燕。果然，看到卡萊爾等人正守在門外偷聽樹屋裡的動靜，在聽到我與奈娜和好後，全都露出如釋重負的神情。

他們果然在外面偷聽啊……

之前奈娜激動得大吼大叫，那麼大的動靜以利馬等人的敏銳又怎會毫無察覺？自然是故意不進來的囉。

與奈娜的冰釋前嫌令我心情變得很雀躍，就連進行儀式的緊張感也隨之消退了不少。只覺天空變藍了、森林變得更加美麗，就連伊里亞德叫我「小貓咪」、利馬亂揉我頭髮也變得沒有那麼討厭了。

□

雖然我已經表明會以人類的身分繼續生活，然而這決定沒有影響精靈們對我的愛護，短短一個晚上，他們便爲我把舉行儀式的一切事宜都準備好了，讓我感動不已，心裡感到暖烘烘的。

這次領路的不止先前那五位年輕的精靈，而是以精靈王亞德斯里恩與「白色使者」克里斯爲首，帶領著眾多族人們浩浩蕩蕩地陪同我們前往儀式舉行的地點。

精靈族是素食主義者，伊迪蘭斯亞森林優越的環境以及精靈對自然之力的掌握，讓平凡的素菜也變得不同凡響。

只見精靈們手一揮，樹木便立即開出鮮艷的花朵，隨即時間就像加快了數百倍般，花朵迅速枯萎，花托位置則漸漸變得肥厚，立時一枚枚果實便在精靈的導引下成熟長大。

最有趣的，就是這些「魔法培植」的果實有著各式各樣的味道與質感。有的充滿澱粉，只要稍微火烤，便會變成金黃色的麵包；有的沒有果肉，堅硬的果殼內全是橙紅色的果汁，甚至有些果實吃起來像海鮮，味道鮮甜無比，令人回味無窮。

來到人家的地盤，我們自然要入境隨俗。沿路熱情的精靈們就地培植採摘了不少果實給還沒吃早餐的我們品嚐，眾多不同形態、味道及質感的果實讓眾人大開眼界、直呼過癮。遺憾的是，沒有發現任何與肉類相似的果實，這讓喜好吃肉的利馬有點興趣缺缺，眼神不停飄向與隨行精靈們依偎在一起、完全不怕人的野兔及梅花鹿等小動物，雙眼大放凶光。

我緊張地盯住身旁的利馬，就怕他一個忍不住，來個血染小野兔或是劍斬梅花鹿的戲碼。看精靈與這些小動物親密無間的樣子，也不知若利馬眞的向牠們出手，會不會惹來護短的精靈們報復。

因爲一隻野兔而被整個精靈族追殺，想想也覺得很冤枉耶！

「多提亞，你昨晚沒睡好嗎？」察覺到騎士長呵欠連連，夏爾擔憂地詢問。

青年正要回答，一旁咬著麵包果的伊里亞德卻用含糊不清的語句搶著發言。

「那是報應！誰教他昨晚不讓人家睡，人家明明都說不要了嘛，他卻霸王硬上弓……活該今早沒精神！」

伊里亞德的話一出，本來熱鬧的場面立即倏地變得寂靜無比，比消音魔法還要厲害！

「看吧看吧！我就說打是情、罵是愛，這兩人之所以會經常吵架，絕對有著不可告人的關係啊！」女神大人頓時雀躍不已。

受到如此重量級的誹謗，本來無精打采的多提亞立即連呵欠也不打了，臉上綻發出異常燦爛的笑容。

「請問團長大人我是如何對你霸王硬上弓？怎麼我完全不知道有這一回事？」

多提亞的殺氣嚇得我驚恐地退退退、退到利馬的身後。後來想想又覺得不夠保險，乾脆再退後一點，直接躲在精靈王的背後。

看到我龜縮在他身後，亞德斯里恩露出很驚訝的神情，隨即訝異的神情漸漸退散，取而代之的卻是寵溺與親近。

同時間，伊里亞德與多提亞的對話持續進行中。

「你能否認昨晚人家明明就說『不要』，但你硬是摸上我的床一起睡嗎？你能否認昨晚用熾熱的目光一眨也不眨、好像要把我生吞活剝地盯了人家整晚嗎？」

伊里亞德略帶顫抖的控訴聽起來真的很可憐，看他那副模樣，簡直就像是個被人吃乾抹淨的可憐小媳婦啊！

多提亞臉上仍舊保持著燦爛的笑容，然而騎士長那對祖母綠眸子卻迸發出與笑容相反的冷冽殺意。

「我現在終於醒悟了，遇上害蟲時應該要第一時間把牠一腳踩死才對。承蒙精靈族的熱情招待，作爲感謝，讓我爲大家把這隻令精靈族蒙羞的蟑螂消滅掉吧！」

看到躲在精靈王身後的我眉飛色舞地聽著兩人針鋒相對的發言，卡萊爾不禁莞爾一笑：「殿下，妳還眞敢找地方躲啊……」

我偷偷瞄了亞德斯里恩一眼，見對方沒有任何不高興的表情，我這才吐了吐舌頭，小聲回答道：「誰教我在精靈族中年紀最小呢！當然要找個最有實力的肉盾……咳！是保護者才對。」

好險！竟然一不小心便將眞心話脫口而出，還好這番話我特意把音量壓低，除了卡萊爾外，其他人應該聽不到我膽大包天地把尊貴無比的精靈王形容爲「肉盾」吧？

我自顧著慶幸不已，四周精靈們那尖尖的耳朵卻微微地動了動，隨即不約而同露出想笑又不敢笑的怪異神情。

精靈王亞德斯里恩則是挑了挑眉，嘴角輕輕勾起一個寵溺又無奈的苦笑。

ch.4 妮娜的請求

「昨晚到底是怎麼一回事呀？」

以我對多提亞的認識，當然不相信他會對伊里亞德這個沒貞操男存有任何非分之想，反倒是「伊里亞德覬覦騎士長的美色」這種話更加有說服力。

不過我想團長大人某些話語的可信度還是有的，例如：多提亞像是要生吞活剝地盯了他整晚之類的。可這句話必定不是往綺麗的方向想去，多提亞是想把伊里亞德生吞活剝沒錯——生吞他的肉、活剝他的皮嘛！

卡萊爾嘆了口氣：「其實這次伊里亞德倒沒有說謊……」

我驚嚇地倒抽一口氣。

看到眾人震驚的神情，卡萊爾忍俊不禁地把話接著說下去：「內容是眞的，只是他故意把話說得很曖昧而已。多提亞之所以這麼做，是因爲伊里亞德在昨夜三番兩次嘗試摸黑闖進妳們的房間所致。」

竟然想夜襲本公主？我眉頭一皺，並爲伊里亞德因受到多提亞監視而事敗一事感到惋惜地搖了搖頭。

多提亞應該放任那頭色狼進來呀！我正好可以見識一下克里斯離開前偷偷在母后的故居中發動那叫什麼「慘絕人寰血濺五步屍骨無存」防盜魔法陣的威力。

光聽名字就覺得很厲害了，絕對能讓這個色狼不死也脫層皮！最好在他的臉上劃下一、兩條刀疤，省得這傢伙老是用一張俊臉去禍害女性（或男性？）！

不過想到伊里亞德一身濃烈的費洛蒙，說不定臉上有了刀疤後反而醜不了多少，還增添上陽剛的男子味……想到這兒，我便感到一陣不爽。

在眾人鬧得熱烘烘之際，十多名長老浩浩蕩蕩地出現了。只見以大長老爲首，一行十六人走到克里斯面前小聲商議了幾句，便把視線投往我身上。

「小公主，吃飽了嗎？精靈森林的果實味道不錯吧？」

長老們總是喜歡喚我作「小公主」，不過以他們動不動便以「千」作單位的歲數來說，的確有資格說我「小」了。

我意猶未盡地拍了拍手上麵包果的碎屑，笑道：「豈止不錯，眞是太美味了，可惜這些果實只在伊迪蘭斯亞森林裡才有。」

聽到我率直眞摯的讚美，精靈們全都露出高興的笑容。

性格爽朗的二老長哈哈一笑，毫不隱藏眼裡的愉悅與欣賞。

「妳這小丫頭的嘴巴比蜜糖還甜。喜歡的話還不簡單，讓伊里亞德那小子在王城設立一個傳送陣，想吃的時候小公主直接過來就可以了，包準讓妳吃到撐！」

在王城設立傳送至精靈森林的傳送陣？這恐怕是足以納入帝國歷史的重大事件了。

我立即雙眼一亮：「可以嗎？」

二長老豪邁地拍了拍胸口，道：「有什麼不可以！設立傳送陣以後有誰再欺侮妳，我們便出動大軍把王城滅掉！」

「……」

在場的精靈們聞言皆贊同地點點頭，既不覺得把精靈森林與人類的王城連接在一起有什麼不妥，也不覺得二老長那消滅王城的發言有任何問題。

伊里亞德一臉輕佻地舔了舔殘留在指尖上的水果汁液。

「這有什麼好連接的？還是把我與小貓咪的房間連接在一起比較方便吧？」

喂喂！這個結論是怎麼得來的？而且說比較方便……是方便你進行夜襲的意思嗎!?

多提亞爾雅一笑，然而說出口的話語卻完全沒有他的微笑般溫和。

「王城的滅蟲工作一向進行得不錯，隨時歡迎候教。」

聽到話題被無限放大且有愈扯愈遠的趨勢，大長老假咳了聲：「傳送陣的事晚點再說吧！儀式所需的東西我們已經準備好了。」

大長老的話除了再度勾起我對進行儀式的緊張感，也令我感到心頭一暖。原來今早沒看見他們，是因爲長老們爲了我的覺醒儀式在做準備。我本以爲他們只負責主持儀式的進行，想不到竟然連準備工作也親力親爲，顯然把我視作眞正的後輩來關懷與愛護。

雖然自出生起我一直以人類的身分生活著，但伊迪蘭斯亞森林無疑是我的根，是我除了菲利克斯帝國外的另一個故鄉。

我沒有說出任何感謝的話語，卻把眾精靈的恩情深深記在心中，並暗暗對自己許下了承諾，將來若精靈族有任何需要幫忙的地方，我定會赴湯蹈火在所不辭。

想到這兒，我那想擊敗侵佔了父王身體的混蛋靈體的心情便變得更爲熾熱了。畢竟要自個兒擁有強硬的背景才好狐假虎威……咳！是借勢才對……有強硬的背景與實力才能在精靈族有難時拉他們一把，不然再大的決心都只是空談。

這麼一想，面對儀式的緊張感頓時變成急切的渴望。此刻的我一心只希望能快點解決這個麻煩的隱憂，好心無旁騖地應付接下來的戰鬥！

遺傳自父王的紫藍眸子閃過一絲堅毅。「辛苦各位長老了。事不宜遲，現在儀式可以開始了嗎？」

長老們毫不掩飾地露出欣賞的神情，顯然對我的冷靜感到滿意。

儀式舉行的地點正是生命之樹所在的聖地，雖說儀式進行的順利與否全仗當事人的意志，外人無法幫上忙，但即使如此，無論是人類還是精靈族仍然全都到場了，默默爲我獻上支持與祝福。

這時，地面忽然傳來一陣震動，隨著「隆隆」的聲響，一棵又一棵鎮守著聖地通道的大樹把根部從泥土中拔出，長長的鬚根竟集中起來，重新聚攏成類似人類般的手腳。

雖然樹幹上並沒有人類的五官，卻給人一種滄桑與睿智感。

看著自動現身並自顧自走進一眾支持者圈子裡的樹人們，精靈王愉悅地勾起了嘴角：「除了敵襲等嚴重事件外，樹人族鮮少願意離開孕育他們、給予他們養分的泥土。現在竟然爲了妳打破他們一貫的習性，樹人們似乎眞的很喜歡妳呢！」

精靈王的話讓我感動不已，隨即又想起當時向樹人們呆呆揮手的舉動。該不會是因爲那個下意識的傻動作而獲得樹人的青睞吧？想到這兒，我不禁露出忍俊不禁的微笑。

所以說，人與人之間的緣分眞的很奇妙，有些人你就是看他不順眼，怎麼努力也相處不來；可是有些人卻初次見面便覺得投緣，會不自覺地想要親近。我想我與樹人們的關係就是很投緣的那一種吧？

在生命之樹的樹蔭下，精靈、人類、樹人三個種族和平共處在一起，我心中一種驕傲感油然而生。總有一天，人類會了解到貪婪與侵略讓他們錯失了多少珍貴的東西，天空終究是大家的天空，我深信各種族和平共存的那一天，在不久的將來定會實現！

身爲菲利克斯王族的直系子孫，我願意成爲引領一切的路標。

察覺到我臉上的堅定，大長老笑著拍了拍我的肩膀，道：「大家都是爲了妳而聚集在一起的，小公主妳可要好好表現，別讓大家失望啊！」

我點點頭，心裡滿滿都是對同伴們的喜愛與驕傲。

精靈王此時忽然抬頭往晴朗的天空看去。由於對方就站在我身前，因此我並沒有錯過他這個突然的舉動。

我學著對方的動作抬頭察看，卻見除了一片美麗的蔚藍天空外，就只有幾朵潔白的雲在天空飄浮著，看不出任何異樣。

隨即，不停說著肉麻話逗弄多提亞的伊里亞德也收起了戲謔的笑容，抬頭向天空看去：「來了啊……」

白色使者克里斯也同樣抬頭仰望天空，只是與精靈王那單純的察看，以及伊里亞德略帶期待的神情不同，少年懊惱地皺起眉，似乎並不是很高興的樣子。

其他人也察覺到伊里亞德等人的舉動，紛紛疑惑地四處張望。只有夏爾略帶慌亂地解開衣領的鈕釦，拉出藏在衣服裡那條妮娜特製、用來取代法杖的項鍊。

此刻，吊飾上那些看起來與尋常寶石沒什麼兩樣的魔法晶石發出陣陣柔和的光芒，夏爾見狀，露出驚喜又疑惑的表情：「師父？」

隨著少年的驚呼，忽然一道陰影從天而降，我想也不想便舉起拳頭往前一拳揮去！

「喂喂！一段時間沒見，妳這丫頭怎麼愈來愈暴力了？而且妳不是說要戒掉拳頭改用巴掌打人的嗎？再這樣暴力下去，妮可都要哭了喔！」對方早有準備，在我出手前便做好了閃避的動作，輕輕鬆鬆地閃身躲過了我的突襲。

甜膩迷人的嗓音，以及對方的話語讓我停下了追擊的動作，並震驚地伸出顫抖的指尖指著對方。

「妮、妮娜？妳怎麼在這兒？」

一抬頭便驚訝地看見一張臉部大特寫，瞬間我誤以為對方是伊里亞德便立即施以老拳。想不到卻擺了個大烏龍，差點兒被我一拳破相的人竟是夏爾的師父——魔法店舖的老闆娘妮娜！

認出了妮娜後，我立即低頭確認一下身上的裝扮，還好在精靈森林裡沒有女扮男裝的必要，因此我並沒有裝扮成少年傭兵，不然面對如狼似虎的妮娜，說不定會面臨貞節不保的危機啊！

我鬆了口氣，再次把視線投至妮娜身上，並露出驚疑不定的神情。

只因站在我眼前的一雙美麗男女——伊里亞德及妮娜，二人的相貌竟有著八、九分的相似！

仔細一看，並排的二人無論是那張美麗得過分的臉龐、金紅色調的鬈髮，以及那不停釋放著費洛蒙的可怕氣質如出一轍，簡直就像一對雙胞胎！

為什麼以前從沒有發現？

不！其實在初遇伊里亞德時對方就已給我一種奇異的熟悉感。只是這兩人的個人特質太過強烈，在相似的容貌下，伊里亞德的外表偏向俊美，妮娜則偏向嬌柔；加上他們性別不同，背景也有著極大的差異，以致於即使長時間相處下來，我仍沒有把他們聯想在一塊兒。

本想詢問女子為何會出現在這兒的問話瞬間被我吞回肚子裡，脫口而出的詢問變成了其他內容：「妮娜，妳與伊里亞德的關係是？」

看著這一張嫵媚、一張英俊且異常相似的臉龐，要是說兩人沒有任何關係，恐怕就連總是呆呆聽從師父命令的夏爾也不會相信吧？

「這個一看就猜得到了吧？他是我弟。」

「這個一看就猜得到了吧？她是我妹。」

兩張容貌相似的臉龐，異口同聲說出完全相反的話語。

聽到對方與自己唱反調，兩人又不約而同出言微斥：「你/妳在胡說什麼!?」

「……」到底是姊弟還是兄妹我不知道，可這兩個傢伙的默契還眞不是蓋的！

「我管你們兩人誰大誰小……」被姊弟倆（或兄妹？）凌厲地瞪視，向來說話不經大腦的利馬這才發現這句話簡直就像在形容大小老婆似地，立即訕訕地笑著改口：「呃……我意思是哪一個排行比較大我們不管，只是你們既然認識，爲什麼一直把大家蒙在鼓裡？」

聽到騎士長那略帶不滿的質問，姊弟倆（還是兄妹？）再次展現出超乎尋常的默契，異口同聲地回答：「誰隱瞞你們了?是你們沒問我而已。」

聽到這裡，就連性格最爲隨和的夏爾也不禁小聲嘀咕：「你們這麼說好狡猾，一路上意外不斷，誰還有時間沒事去問團長的私事呢？」卻在妮娜一個風情萬種的瞪視下嚇得立即噤聲。

即使這段旅程讓膽小怯懦的少年增長了不少見識，但師父的餘威仍在啊……

「妮娜小姐，妳早就把我們的事情拜託給某蟑螂了吧？」

說罷多提亞伸出右手橫放在胸前，姿勢優雅俐落地向女子鄭重行了個騎士禮。聰慧的他已從兩人的關係中猜出創神傭兵團那百年難得一見的高入團率，以及伊里亞德在旅程中的照顧，大概是因爲妮娜早與她的兄弟溝通過的緣故。

不得不說，性別歧視在世上確實存在。看看這對沒貞操的姊弟（兄妹？）那副風騷無比的模樣，以及禍國殃民的程度，其實是半斤八兩，可是妮娜在多提亞的口中仍被尊稱爲一聲「小姐」，伊里亞德卻只能落得被稱作「蟑螂」的下場！

不過話又說回來，多提亞總是對伊里亞德帶有莫名的敵意，可是印象中團長就只喜歡逗我一人而已，也沒有招惹過他啊！爲什麼呢？

看到我納悶不已的神情，妮娜樂了。

「小丫頭，這方面妳眞是一如以往般遲鈍迷糊啊！嘻嘻！眞有趣。」

說罷，更伸出雪白的食指彈了彈我的額頭。

光潔的額頭應該被彈出一個淡淡的紅印了吧？我委屈地摀住疼痛的額角，一旁的多提亞立即把我拉至身後，說道：「妮娜小姐，請自重。」

雖然青年依舊是優雅的紳士，可是我毫不懷疑若妮娜再有任何欺負我的動作，多提亞掛在腰間的劍便會瞬間出鞘。雖然青年不至於眞的會對妮娜造成什麼實質傷害，可是以多提亞那腹黑的個性，削掉一束頭髮啊、衣角什麼的，讓女子心痛好一段時間絕對是免不了的。

利馬察看著我那紅紅的額角，隨即不滿地瞪了妮娜一眼：「喂！我說妳這女人下手也未免太狠了吧？」

妮娜哀怨地咬了咬嬌嫩欲滴的下唇，很是納悶怎麼自己所向無敵的魅力在這兩個男人面前總是無法發揮作用。

「所以我就說你們對她未免保護過度了吧？只是彈彈額角，又不會少掉一塊肉。」

這可是超痛的耶！說得那麼輕鬆，妳給我彈回去看看！

看到兩名騎士長完全不讓她接近、把我緊緊護在身後的樣子，妮娜生氣地鼓起了臉，說：「可惡！這是對恩人的態度嗎？」

妮娜的話，無疑證實了多提亞的猜測。幻想著妮娜特意叮囑伊里亞德好好照顧我們時的模樣，我情不自禁地微笑起來，忽然覺得眼前這媚惑眾生的妖孽其實也有可愛的一面嘛！

越過兩名皇家騎士長的保護，我一把抱住妮娜那凹凸有致的豐滿嬌軀，心裡早就把剛才女子那小小的欺負忘記得一乾二淨，只剩下滿滿的感動。

妮娜愣了愣，隨即拍了拍我的頭，說道：「小丫頭年紀也不小了，還那麼喜歡撒嬌。誰教我看妳順眼呢？那只好辛勞一點囉。」

一旁的伊里亞德見狀，立即眉開眼笑地張開雙臂。

「小貓咪妳不用太感謝我，過來讓我親兩下就好了。」

我「噗哧」一笑，向男子扮個鬼臉後退回多提亞身後，順道欣賞伊里亞德俊臉上表情精彩不已地不停變幻，如同萬花筒般先後顯示出懊惱、嫉妒、羨慕、傷心等神情。

「結果，師父妳到底爲什麼會在這兒呢？」最執著於這個問題的人是夏爾，短短的一句話便讓我們這些忘了最初疑問的人汗顏。

對喔！大家只顧著說話，都忘記妮娜根本就不應該出現在精靈森林裡！

卡萊爾靈光一閃，說道：「等等！若這位妮娜小姐是團長的……呃……」

看不過去的克里斯直接掀了二人的底牌。「他們是姊弟，雙胞胎姊弟。」

朝精靈感激一笑，卡萊爾一雙溫潤的蜜色眸子在月色下透露出金棕色光芒，流光四溢地好看極了。

「若這位妮娜小姐是團長的姊姊，那是不是就代表了闇法師與前任精靈王出現在伊迪蘭斯亞森林前那段謎樣的過去，妮娜小姐曾參與其中？」

伊里亞德聞言朝我挑了挑眉，我眨了眨眼，回以一個淡淡的微笑。

我信任查理斯家族的忠誠，也相信卡萊爾的心性。因此在身分被卡萊爾知悉並決定與之同行的時候，便把一切的來龍去脈向青年交代清楚，包括了我那不得了的身世。

事實證明我的決定真是太對了！要說心思縝密的話，也只有卡萊爾能夠與多提亞一拚，他不說，我還真忘了母后是與年幼的闇法師一起出現於精靈森林中的離群精靈。要說最清楚母后事情的人，不是父王也不是精靈族，應該是自小便跟隨著母后的伊里亞德才對。

若妮娜是伊里亞德的雙胞胎姊姊，那她是不是也在母后那段無人知曉的過去裡佔了一席之地呢？

想到這裡，我卻又覺得不對勁。

「先不說你們二人看起來年紀不同……我記得伊里亞德說過自己二十六歲對吧？妮娜曾給我看過她的魔法師證明，算一算，她現在應該只有二十三而已……」

妮娜風情萬種地瞪了我一眼。

「小丫頭胡說什麼？人家明明只有十八歲而已。」

喂！這個謊言也太大了吧？根本就不會有人相信好不好！

伊里亞德立即抓住這個能讓他「當大」的機會。

「所以我就說我是大她是小吧！」立即便引來妮娜怒目相向。

這到底有什麼好爭的!?

多提亞此時插話了：「蟑螂的壽命本就比人類短，因此牠衰老得比較快也是情有可原吧！」

咳！多提亞，拜託你可不可以別再添亂了？你到底有多討厭伊里亞德呀？

結果解決我這個疑問的人還是克里斯。我忽然覺得有個會認眞看待我的問題、不會秀逗、不會凸搥的同伴眞的太幸福了！

「他們是雙胞胎沒錯，只是兩人因強大的魔力與特殊體質而擁有漫長的壽命，並用魔力來保持容貌年輕。如果我沒記錯，伊里亞德與卡洛琳殿下在森林現身，至今至少有三百……」

「噢！閉嘴！你這個裝少年的老怪物！」再次充分展現出雙胞胎默契的伊里亞德與妮娜，異口同聲地喝止克里斯揭他們老底。

我聞言不禁嘴角一抽。的確，一些法力高強的魔法師能以魔力延緩衰老，保持年輕的容貌……不過看到這對姊弟惱羞成怒的神情，我決定還是不要繼續執著於年紀這個敏感話題為妙。

不過被卡萊爾這麼一提醒，我倒是對妮娜寄予厚望了，說不定她還眞的知道一些母后的事。

還有侵佔父王軀殼的惡靈到底是誰？珍珠曾透露這惡靈眞正的身分其實是與母后一起誕生的神祇，可祂為什麼會被封印在時之刻裡？古遺跡的法陣與艾略特村崖壁下封印巨龍的魔法陣，以及囚禁珍珠與花火的魔法陣如出一轍，顯然皆出自於伊里亞德之手。

還有惡靈那種純粹的恨意，仔細想想，從祂侵佔父王的身體起，所圖謀的從來就不是爭權奪利，不停歇地追殺倒像是針對著我而來似地。

為什麼？

「妮娜。」我討好地呼喚女子的名字，這個也許從最初便與她的兄弟一樣，跟隨在母后身邊的人。

「丫頭，妳還記得在出發前曾向我做過的承諾嗎？」妮娜白皙的手指無意識地把玩著垂至肩膀的長鬈髮，那慵懶的姿態實在太誘人犯罪了！即使是同為女兒身的我看來，也有種想要噴鼻血的衝動。

這傢伙！果不愧是伊里亞德的姊姊啊……這種無時無刻散發費洛蒙的天性簡直與那個沒貞操的男人同一個德行！

差別只在於妮娜專愛美少年，禍害程度沒有男女通吃的伊里亞德那麼嚴重。

我艱難地穩住心神，微微皺起了眉，說道：「當然記得，妳當時的要求是想從我手上保住某人的性命對吧？」

對於妮娜的要求，我至今仍舊納悶得很，實在想不到她想保護的人到底是誰。

畢竟我雖不算是個大慈大悲的聖人，但至少也不是個濫殺無辜的惡人。能讓我生出殺意的人少之又少，而且據我所知也沒有哪個敵人與這位充滿魅力的美人有所交集啊！

等等！仔細一想，認識妮娜同時又是我的敵人……符合以上條件的也許眞有一個……

果然，下一秒妮娜一雙美目便緊盯著我的眼睛，清清楚楚地說道：「很好，那麼小丫頭妳答應我，無論如何也要保全我的暗黑之神，也就是卡洛琳的兄弟、侵佔妳父王身體的那個靈魂的性命！」

ch.5 血脈儀式

在聽到妮娜的要求後，利馬與多提亞這兩名忠於帝國的騎士長不約而同地拔出腰間長劍，毫不憐香惜玉地將劍尖指向她。

妮娜依舊笑盈盈地把玩著手中的一縷長髮，處變不驚地把迷人的嘴角再度上揚了幾分。反倒是一旁的夏爾嚇得臉也白了，慌慌張張地想上前調解；然而少年慌亂行動的結果便是左腳不小心踩中魔法袍下襬，眾目睽睽之下狠狠地摔倒在地。

「我、我什麼都看不見！嗚嗚……師父我摔盲了……」

眾人無言地抽搐著嘴角，最終還是卡萊爾人最好，苦笑著把遮住夏爾視線的法師袍連衣帽掀起，讓誤以為自己瞎了的少年重見光明。

被夏爾這麼一打岔，先前肅殺的氣氛頓時消散不少，然而長劍的劍尖仍舊沒有移開半分，似乎兩名騎士長在確認妮娜沒有威脅前絕不會放鬆警戒。

看到自家姊妹被人用劍指著，伊里亞德卻一臉沒事人般笑得沒心沒肺，甚至還幸災樂禍地露出看好戲的神情，不過，在夏爾為了妮娜的安全而焦躁擔憂時，很難得地說出了讚賞的話（要知道我們這自我感覺很良好的團長大人雖然經常讚賞自己，卻鮮少稱讚別人的！）。

「潛力不錯、長相可愛，而且人又乖巧。妮娜，這個徒弟收得不枉呢！」

妮娜嘻嘻一笑：「怎麼？嫉妒了嗎？嫉妒我也不會讓給你的，這孩子可是我的專屬玩具啊！再養兩年也差不多可以吃了。」

無視於兩名騎士長的殺氣，這對姊弟肆無忌憚地在當事人夏爾的面前說著帶有變態意味的話題。

偏偏夏爾就是聽不懂，睜著一雙純淨如初生小鹿般眸子的他憨然一笑：「師父妳又在開玩笑了，人怎麼可以吃呢？而且我那麼瘦小，看起來也不好吃嘛！」

看著少年清秀青澀的笑容吞了吞口水，伊里亞德語帶雙關地說道：「我倒是覺得你會滿可口的呢！」

我一掌往男子後腦巴下去。「別對夏爾動歪主意！」

揉了揉發疼的後腦，伊里亞德一張俊臉露出很欠揍的神情：「小貓咪吃醋了嗎？果然人長得帥也是種罪過啊……」

利馬萬分鄙視地咧了咧嘴：「你的腦袋沒病吧？妄想症很嚴重喔！」

多提亞爾雅一笑，然而說出口的內容卻比利馬的狠上十倍：「利馬你別胡說，團長大人哪有什麼病了？腦袋生病的前提是他要有腦子才行啊！」

伊里亞德不樂意了：「喂！你這心胸狹窄的男人分明就是見不得別人長得比你帥、

實力比你高、小貓咪喜歡我的程度比你多而已吧？先前就已經開口閉口叫我『蟑螂』，現在有必要說得那麼狠嗎？」

「的確，把你與蟑螂相提並論確實太失禮了。好吧！我道歉。」相較於伊里亞德的激動，多提亞卻一臉從容不迫地微笑道：「對蟑螂道歉。」

「噗哧！」

我連忙摀住嘴巴。

糟糕！不小心笑出來了。多提亞還眞是罵人不帶髒字啊……這麼說的話，不正代表伊里亞德連蟑螂也不如嗎？

忍無可忍的伊里亞德抽出腰間的長劍。

「可惡！我要和你決鬥！」

多提亞微微一笑，隨即把劍尖從妮娜身上移開，祖母綠的眸子透露出凜冽的戰意，回道：「正合我意。」

喂喂！不用玩得那麼大吧？

就我想要上前阻止兩人的白痴舉動之際，一道纖瘦的白色身影卻先一步擋在兩人之間。

看到克里斯的舉動，我不禁慨嘆這名少年畢竟是精靈族人，雖性格淡漠了點，可精靈終究還是熱愛和平的善良種族。

「別在聖域動武。生命之樹受不得血腥，你們要打鬥的話請到外面去。」

「……」

好像不對吧？克里斯你不是應該阻止他們決鬥的嗎!?

看不過去的卡萊爾越過劍拔弩張的多提亞與伊里亞德兩人，逕自走到仍舊被利馬用劍指著的妮娜面前，硬是把偏離至火星的話題拉了回來。

「請妮娜小姐給大家一個理由吧！放過那名侵佔國王陛下的身體、把帝國弄得天翻地覆的靈體的理由。」

「當然可以，我就是爲此而來的。」毫不在意眾人銳利的注視，妮娜把視線轉向自家兄弟：「你已通知長老們把需要的東西準備好了嗎？」

伊里亞德還來不及發話，二長老卻已抱怨起來：「全部準備好了。妳這女娃還是一樣如此不客氣，我們這群老骨頭已記不清有多少年沒做過那麼重的活了。」

我疑惑地看了看打著啞謎的兩人：「什麼準備？」談談往事還要準備什麼？

「之所以一直不把事情告訴小貓咪並不是想瞞著妳什麼，而是我覺得卡洛琳的事對妳來說是非常珍貴的寶物，我想給妳最好的東西、想把最完整的卡洛琳獻給妳。」伊里亞德一雙暗藍眸子此刻泛起無限溫柔，竟令早已習慣他那俊美臉龐的我也有點沉醉其中。「不只是口述，我想給妳一個完完全全的母后。身爲卡洛琳女兒的妳，有資格親身體驗當年所發生過的一切。」

「什麼意思？難道你還能讓時光倒流不成？」利馬奇怪地挑了挑眉。

伊里亞德傲然一笑：「別小看黑魔法，雖說控制時間的方法我們還沒能研究出來，可是讓小貓咪體驗一次血脈之旅並不是什麼困難的大事，畢竟所有條件都齊全了。」說罷，男子指了指生命之樹、再指了指被我當作項鍊隨身攜帶的時之刻。

儘管對他們所說的話一知半解，可我仍是不由得激動起來。難道伊里亞德眞的能讓我看到過世的母后？

看到我興奮的表情，妮娜寵溺地上前揉了揉我的短髮：「丫頭，好好記著妳母后的一切，能夠經由血脈傳承而窺探過去是精靈族特有的天賦，這是生命之樹的恩賜，是妳母后所能留給妳的最後記憶。」

「可是、可是我一會兒便要舉行血脈儀式……」

妮娜伸出手指便想戳我的額角，可這次卻被我眼明手快地躲了開去。

「傻丫頭，就是要舉行血脈儀式才好，妳正好可以搭便車啊！」

「血脈的傳承是很神奇的事，殿下妳不是曾發揮過精靈族的天賦能力嗎？在古遺跡的時候。」一直安安靜靜的克里斯很難得地插了一句話。

我立即想起當時利用小海燕發揮出超乎想像的力量，以及曾唸出一段並不懂得的語言……

「當時我所唸出的契約文是精靈語？」

克里斯微笑著點了點頭。可惜少年清雅美麗的笑容一如以往般短暫，只維持短短兩秒便回復到先前那一臉淡漠的樣子。

我被嚇到了。這世上竟有這麼神奇的事，精靈文是僅次於龍語、被喻爲世上最複雜的語言之一，想當初我學習精靈族禮儀時，也曾妄想挑戰這種複雜無比的語言，結果卻是被一句簡單的問候語弄得我一個頭兩個大……

不過再想想天生便懂得龍語魔法的龍族，在危急關頭能把精靈語脫口而出的我似乎也不是太妖孽嘛！

看著我變幻莫測的神情，大長老笑呵呵地解釋：「根據我族的歷史記載，第一名精靈是從生命之樹中誕生的，因此只有聖樹能夠牽引族人的血脈記憶、安撫隨著能力的覺醒而暴走的血脈之力。所謂的血脈儀式，對我們精靈族來說更是一次與先祖溝通的難得機會。」

說罷，大長老一改先前那帶有安撫性的笑容，嚴肅地告誡：「每一名經歷過覺醒儀式的族人，在血脈回溯時所經歷到的事因人而異，當中有喜有悲，度過的時間也不盡相同。伊里亞德那小子耍了一點手段讓小公主妳的回溯變得更加完整，能夠看到更多東西。然而福禍相依，切記緊跟著時光流逝的步伐，別迷失在過往的時空中，不然便有可能再也回不來了。」

慎重地謹記著長老的告誡，我知道他所說的一字一句關乎著儀式能否安全完成，因此對於老人的碎碎唸不但沒有一絲不耐，反倒盼望他們說得愈仔細愈好。

把事情都交代好之後，長老們分散開來圍著生命之樹而立，隨即在地面以生命之樹爲中心出現一個眩目無比的大型魔法陣，以光線勾勒出的優美精靈文充斥整個法陣，看起來簡直就像一座宏偉的美麗藝術品。隨即一個又一個小型魔法陣以精靈文爲基礎開始運作，其複雜程度竟讓凝神細看的我感到一陣暈眩，嚇得我立即移開視線，再也不敢盯著地面看。

這個魔法陣應該便是長老們一清早忙碌的傑作吧？看著這宏大得嚇人的魔法陣，也難怪以精靈族長老的強大魔法也大呼吃不消。

深吸了口氣，我在眾人關切的注視下伸手撫上生命之樹的樹幹，輕聲說道：「這一次要麻煩您了。」

生命之樹依舊靜靜矗立在我的面前，可是我隱約有種奇妙感，它正凝神傾聽著我的話語，並從手心的接觸中感受著我的存在。

這種感覺讓我將注意力全部集中在感知生命之樹的脈搏上，一陣力量的波動彷彿潮水般以生命之樹與我爲中心一波又波地盪漾開去，令我瞬間產生出一種與生命之樹血脈相連的感覺。

「開始了。」克里斯露出凝重的神情，身爲精靈一族的祭司、與生命之樹關係最爲緊密的白色使者，少年是第一個感受到我們異樣的人。

「剛接觸便能與聖樹進行同步，真是不可思議的天賦，可惜……」似乎想到我這種難得一見的好人才選擇以人類身分繼續生活，大長老便禁不住嘆息連連。

此刻我的心神全都放在生命之樹上，很快便再也聽不到他們的討論了，甚至沒有發現生命之樹正在釋放出濃厚得尋常肉眼也看得見的生命元素，把我牢牢地包裹在其中。

據事後利馬的描述，那時候我就像條吐絲的蟲子般被發光的綠色絲線束成一個蟲蛹。夏爾則把我形容為在遙遠東方國度中一種叫「粽子」的稀奇食物……無論是哪一個形容，都讓我有種不爽的感覺。

現在我當然沒有變成蟲蛹或粽子的自覺，只是模模糊糊地覺得眼前一暗，當意識再度清醒時，已經站立在一個熟悉的環境中。

精靈族、樹人、生命之樹等等應該在我身邊的事物盡數消失，取而代之的是間明亮潔淨的房間、典雅的睡床、高貴的銀器……我竟身處於城堡的房間裡！

難道我又不小心闖入了傳送陣，穿越到其他地方去了嗎？竟然好死不死地傳回城堡中！天知道現在王城有多少人想要取我的性命？糟了糟了，萬一現在我被人發現……

還真是怕什麼便出現什麼。一陣「啪噠啪噠」的腳步聲正快速接近，也不知道誰那麼大膽，竟然在城堡裡明目張膽地奔跑。慌亂中，我也沒時間猶豫了，立即閃身躲在窗簾後，只希望對方不會看到窗簾底部所露出來的雙腳。

在我忐忑不安地等待下，房間厚重的大門「卡喀」一聲被打開。

「咦！」打定主意不能被別人發現的我，卻在看清楚來人後忍不住掩嘴驚呼！

我敢發誓，即使走進來的是化著濃妝、穿著禮服、腳踏高跟鞋的卡利安，也絕不會比來人的出現更讓我感到震驚！

清秀美麗的臉蛋、淡金的月色髮絲、紫藍色眼眸，眼前這個年紀不足七歲的小蘿莉，她……她……不正是小時候的我嗎!?

看「我」穿著平民的衣服，臉上還亂糟糟地黏上一些不知是灰塵還是泥巴的污垢，顯然不久前才剛偷跑出城堡玩了。

雖說伊里亞德與長老們早就說過儀式會造成時間回溯，但那對我來說只是個模糊的概念，因此在看到「自己」時還是感到非常震驚。

只顧著打量這小小的我，過了好一會兒，我才發現眼前的「西維亞」並沒有被我的呼叫聲驚擾，逕自毫無形象地「啪」地一聲倒在床上，潔白的床單立即被她弄得一團糟。

難道她聽不到我的聲音？

我仍清楚記得穿越前我正與生命之樹進行同步，據長老們的描述，這正是血脈覺醒的開始，隨之而來的便是生命之樹激發出血脈的力量進行時間回溯。至於回溯所產生的境象則是人人不同，因此長老們也無法告訴我將會發生什麼狀況。

還好早有心理準備，在看到這個小西維亞時，沒有誤以爲自己眞的穿越時空回到過去，反而有種身爲旁觀者的奇妙感覺。

眼前的一切既是早已發生過的事，那麼年幼的「西維亞」並不會受到我的存在所影響才對。也就是說，她應該察覺不到我的存在，因爲眼前的境象只是殘留在血脈裡的記憶。

我大著膽子從藏身的窗簾後走出，心想若小西維亞眞的看得到我也沒關係，到時候把人打暈就好了。反正那是「自己」，也不會有著良心不安的問題。

結果實驗證明，眼前的小西維亞果眞完全看不見我。甚至在我嘗試取起花瓶裡的鮮花時，還驚異地發現自己的手竟然穿過了花莖！也就是說，我不但無法與這裡的人溝通，還觸碰不到這個空間的任何事物！

「妳這個小丫頭，又偷跑出去了吧？」

突如其來的嗓音，害房間裡的大小西維亞不約而同地嚇了一跳。

「父王。」小西維亞絲毫沒有做壞事被人抓包的心虛，嘴角勾起討好的微笑，小女孩一雙遺傳自父親的紫藍眸子笑成了彎彎的新月。

此刻的我卻沒有把心神放在這可愛嬌憨的笑顏上，只是近乎貪婪地凝望著眼前那年輕英武、眼神泛著滿滿寵溺與慈愛的男子。

與魔族的戰爭令我的祖父——菲利克斯五世英年早逝，年僅十三歲的父王因而早早繼位。

若年幼的父王在留下子嗣前過身，那便代表著菲利克斯王族血脈的斷絕。爲了穩定人心，即位兩年後，父王決定迎娶宰相那位比他足足年長五歲的女兒，也就是他的第一任夫人、三位王姊的生母，以求在這段動盪時期裡獲得大臣們的支持並留下子嗣安撫人心。

雖然大婚之時父王還只是年紀輕輕、剛滿十五歲的年紀，但是有后有無后是完全不同的情形。有后就意謂著王室的血脈能夠延續，這是非常嚴肅的問題。

可以說，父王的第一段婚姻完全是出於政治的考量，當中不涉及絲毫兒女之情，只是一場雙方各取所需的交易而已。

大王姊出生時，父王只有十六歲，根本就只是個半大的孩子。後來王后外出探訪娘家時被魔族刺殺，因而導致降魔大戰，那時，父王才剛過十九歲的生日。

此刻站在小西維亞面前的父王正值英氣勃勃的年紀，英俊的臉龐、銳利的目光、挺直的腰桿，根本完全看不出是個已經當父親的人。

雖然我所熟知的父王外貌仍非常出色，可是歲月卻磨平了他的稜角、讓他一身氣質變得穩重內歛。正值壯年的他面容英俊依舊，可更多卻是睿智與穩沉，不若眼前的年輕人如此鋒芒畢露、光彩四射。

此刻驟然看到年輕俊美、朝氣勃勃的父王，我被狠狠地震動到了。

說起來，我也算是閱人無數了，看過的美男子多不勝數。單以外貌而言，最出色的要數闇法師伊里亞德，其次便是精靈王亞德斯里恩以及神祕的金髮青年凱特兩人。這三個傢伙可說是「絕色美男子」的級別。相較之下，多提亞、克里斯與卡萊爾等人則只能稱作「美男子」而已。

想不到父王年輕時竟然英俊如斯，足以列入「絕色美男子」的行列。難怪能做出把精靈王娶回來當王后這種驚世駭俗的事情了。

看著小女兒完全沒有反省的神情，父王寵溺卻又無可奈何地揉了揉小西維亞的月色髮絲，帶點恐嚇意味地笑道：「妮可到處找妳呢！」

男子的話正中小女孩的死穴，一說及那位嚴厲的貼身侍女，小西維亞那有恃無恐的神情再也掛不住了，帶點擔憂地小聲詢問：「她很生氣嗎？」

父王微微一笑，坐在床邊，並把小西維亞抱坐在大腿上，全然不介意小女孩身上的泥巴。「她很擔心，害怕妳出了什麼意外。看到妮可的時候要好好道歉。」

女孩乖巧地點頭，答道：「好。」

我神情複雜地看著眼前和樂融融的景象，實在是百般滋味在心頭！父王一向表現得對我很縱容，可是安排在我身邊的人無論是老騎士肯尼士、家庭教師卡利安，還是貼身侍女妮可，卻全都是把我吃得死死的角色。小時候不覺得，但現在我幾乎可以肯定父王是故意的！

難怪他對我的教育態度雖採取「放任不干預策略」，卻也不怕我學壞，因為已經有別人來鞭策我了嘛！

「聽妮可說妳有離開王城、遷居至南方之意。小維，妳討厭城堡嗎？還是說，討厭王室成員的身分？」

小女孩仰起臉，神情是孩子氣的古靈精怪，以及一種不符合這個年紀該有的狡詐。「不喜歡也不討厭，可是我不走不行。」

男子愣了愣，顯是被小女兒的答案給驚到了。深邃的紫藍眸子直直地打量著懷裡那排行最小的女兒。漸漸地，驚訝便被欣賞所取代。「妳看得很清楚。」

父王說罷，便以閒聊的語調詢問：「小維妳認為妳們四姊妹誰是繼承我王位的最佳人選？」

小西維亞與父王隨意慣了，加上兩人感情深厚，倒不忌諱談及繼承權這種敏感話題，想也不想便回答：「大王姊！」

「妳還眞是妳大王姊的忠實粉絲啊……」聽到對方毫不猶豫的答覆，父王哭笑不得地搖了搖頭：「答案準確，卻不適合。」

小西維亞眨了眨眼，很直接地說道：「不明白。」說罷，又覺得應該再爲敬愛的大王姊爭取一下，於是接著又補充了一句：「我覺得最佳人選非大王姊莫屬。」

「潘蜜拉的確是最佳人選，卻並非最適合的人選。」面對小女兒不解的眼神，男子耐心解釋：「潘蜜拉的性情果斷、處事公正，的確會是一名非常出色的王者。然而，帝國歷經了降魔戰爭的洗禮，至少在往後三代的國策會以對外結誼外族、對內打擊強豪爲主。妳的大王姊雖然優秀，卻並不合適坐上女王的位置。有關這點她也很清楚，因此才把注意力移至史賓社，打起人家公國的主意來。」

聽到這裡，小小的我沉默了。

大王姊的性格雖然公正嚴明，可卻有著大多數人都擁有的缺點，就是排外。若要實行種族融合的國政，當權者必須是個擁有極大包容性、能夠一視同仁對待所有種族的人，大王姊顯然做不到這點。

更何況父王的第一任妻子本就是豪門出身，做爲削弱貴族勢力的領導，她自沒有任何立場可言，不是會被責難便是受到猜忌。大王姊的母系出身註定她不能與貴族作對，因此父王才會說她不適合。

聽到這裡，無論是現在的我，還是不足七歲的小西維亞也聽出父王話裡那隱晦之意。

沒有種族之見、母親不是貴族出身……父王的四名女兒中不就只有我最符合條件了嗎？

小西維亞畢竟年紀還小，加上現在面對的人是她絕不會提防的父親，小女孩立即便沉不住氣、顧左右而言他，意圖將男子的注意力拉開。

可是菲利克斯六世——傑羅德·菲利克斯是誰？他可是個年紀輕輕便集合各種族力量把魔族打回黑暗之地的男人，小女孩的小小心思又怎能瞞得住他。

「小ㄚ頭，我知道妳在顧忌著什麼，可是有些東西妳沒有興趣不代表別人不會去爭。身為父王我不好偏袒妳們任何一人，也不能在事情尚未發生之前做什麼，一切事情妳也只能靠自己而已。擁有實力，才能有著保護自己的資本。」

說罷，父王向忐忑不安的小西維亞說道：「我允許妳南遷的要求，只是現在的妳還太小了，還是再過五年再出發吧！不過，小維妳要好好地想一想，我等待妳在成人禮那天回來後，告訴我妳的決定。」

那時候，我對父王的話不以爲然。

對於兩位王姊，我招惹不起她們，躲起來難道不行嗎？卻沒有想過只要自己身懷王族血脈一天，便會是其中一名競爭者，是她們眼中的敵人與眼中釘！

王位之事，更是想也沒想過。沒辦法，誰教我那個父王那麼年輕。依照他的年齡來計算，當父王百年歸老時我也不年輕了。說不定就是因爲這個原因，兩名等得不耐煩的王姊才會想要利用禁咒來奪權。

父王大概也察覺到她們的野心吧？因此才有這番對話——既想讓我加強警惕，卻又害怕把小女兒逼得太緊。

想到這裡，我不禁眼眶泛紅，心頭又是感動、又是生氣。

二、三王姊都是蠢材，放著那麼好的父親不要，卻寧可妄圖沾染不屬於她們的位置。

眼前的空間逐漸分裂模糊，我知道分離的時刻來臨了。

眷戀地看著父王那滿是溺愛的笑容，我知道這笑顏並不屬於現在的我，而是屬於過去的時空，就如同我從來沒有忘記這段漫長的旅程，是爲了奪回那差點便從指間逝去的親情。

父王保護了我半輩子，也是時候讓當女兒的為他分憂了。

想到這兒，我毅然地移開了戀戀不捨的視線，忽然看到一道奔跑著的孩子身影從眼前掠過，我想也沒多想便從後追上，並緊隨著闖進正逐漸破碎的空間黑洞中。

ch.6 轉生的神祇

意識在舒適的溫暖中逐漸模糊。隱約間，我好像聽到某種聲音在耳邊呢喃，很熟悉、很親切、血脈相連的感覺。

奇妙的聲音、親切的熟悉感使我緩緩沉浸在一種莫名的境界中。短短的瞬間，我彷佛看到了許多東西，有誕生的生命、有蒼老的死亡，許許多多的影像縱橫交錯左右穿梭，像是一段又一段胡亂上演的故事。

生與死，空間，時間，生命，靈魂。

那到底是什麼？爲什麼會在這裡？又要往哪裡去？

這種玄妙的感覺持續了好一陣子，直至我清醒過來時，卻發現自己正站在一個什麼都沒有的地方。

那是無邊無際的純白。無論是我站立著的地面、天空，以及延伸出去的所有景色都是一塵不染的潔白。純白的世界讓我產生出一種遺世獨立的孤獨感，這種感覺隨著時間的流逝變得益發強烈，令我不禁慌了起來，情不自禁地便在心裡呼喚：「女神大人。」

然而，我立即想起長老們的叮囑，血脈儀式裡繼承者一旦陷入「回溯」狀態，便會與外界完全失去聯繫，絕對無法獲得外力的協助，一切只能依靠自己。果然，呼喚過後仍是死寂般的靜寂，即使是依附在我身上的守護神祇，似乎在血脈儀式中也被視作外人被排除在外啊……

強烈的孤獨感令我難以忍受，還好我只在這白色空間待了一會兒，那片一塵不染的純白便產生了變化。白色的地面上忽然出現一道類似影子的陰影，隨即腳踝、小腿、大腿……一個小小孩由下往上逐步展現在我的眼前。

面對如此詭異的狀況，我反倒是鬆了口氣。老實說，我寧可出現妖怪也強過獨自一人遺留在這種神經質的純白中，待久了絕對會瘋掉！

這個以神奇方式出現的孩子看起來只有五、六歲，有著一頭火焰般的橘紅長髮，奇異的異色雙瞳左邊是深邃的漆黑、右邊則是清澈如泉水般的翠綠。孩子美麗卻中性的容貌看不出其性別，他的出現令死寂的純白也變得鮮活起來。

我素來喜歡小孩子，何況這小傢伙長得水靈靈的，很討人喜歡，加上我敏銳的直覺從對方身上察覺不到惡意與危機，因此也就放下戒備、小跑步來到孩子身邊。

「妳好，我是『引路者』。」孩子的異色眸子眨了眨。仔細一看，對方清秀的臉龐竟給我一絲奇特的熟悉感。

「引路者？」邊疑惑地詢問，我邊努力回憶著到底在哪兒看過類似的容顏。

「是的。以生命之樹爲媒介，這是『時之刻』裡的空間。而我，則是由曾經存放於此的靈魂碎片拼湊而成的記憶體，將做爲妳此次旅程的引路者。」

「曾經存放在這兒的靈魂？獸王凱柏納斯、侵佔父親身軀的惡靈以及……精靈王卡洛琳？」

靈光一閃，我終於想起孩子的臉龐像誰了！不正與我小時候的模樣有六、七分相像嗎？當然，我從沒有把靈魂存放在時之刻裡。那麼仔細一想，與時之刻的創造者伊里亞德有關、容貌又與我相近的人，那就只有母后囉？

前兩者我是知道的，獸王以時之刻作傳承，惡靈也曾被封印在這神奇的指環中，可母后又與時之刻有什麼關係呢？

算了，現在也不是多想的時候，回去以後要記著詢問伊里亞德。

把注意力再度放至孩子身上，對方的身分點破後，他身上集合著三人特徵的部分在我眼裡便益發地變得明顯。

「請帶路吧！我的引路者。」

孩子微微一笑，隨著他一言不發地轉身奔跑起來，純白的空間出現一道扭曲的裂縫。我連忙從後跟上，尾隨孩子往破裂的空間跑去。

□

兩名年幼的孩子於漆黑的森林裡奔跑著，滿身的傷痕、多處破損的衣服，以及髒得看不清容貌的面孔讓這對逃亡的孩子看起來更加狼狽。

終於，孩子們再也跑不動了，雙雙倒坐在略帶霧氣的草地上。

「跑到這裡應該沒問題了吧？」男孩警戒地環視四周，觸目所及只有一片漆黑的夜色，並沒有那些想要抓住他們執行火刑的追兵。

女孩氣喘吁吁地笑道：「嘻嘻，那些人怎樣也猜不到我們會有膽量闖進精靈森林裡面吧？」

果然，數小時後，遠處依稀傳來的人聲漸漸遠去，追兵自始至終都沒有進入森林的範圍，甚至在邊緣搜索時連大氣也不敢喘，顯然是害怕引起精靈族的注意。

見狀，女孩興奮無比、卻又有點忐忑不安地詢問身旁的弟弟：「我們自由了，對吧？伊里亞德。」

男孩嘿嘿一笑：「怎麼了？妮娜，妳不相信自己，也要相信英明神武的我嘛！我說過要獲得自由，那麼就不會讓他們如願以償！說我們是什麼惡魔之子，不就是天生純闇系的體質嗎？媽的！看我將來建立一個信奉黑暗的宗教，然後把那些自稱正義的光明神信徒全部抓去燒死！」

妮娜休息了一會兒，便走至伊里亞德面前，撥開男孩亂糟糟的長髮後，仔細用衣袖擦拭對方臉上的污垢。

自出生起便被害怕自己力量的親人所囚禁，從未照過鏡子的女孩笑嘻嘻地欣賞著弟弟那美麗得讓她想一拳揍過去的俊臉，充滿期待地摸了摸對方白滑的肌膚。

「誰有空去管光明神教那些人的死活？看你這張臉長得不賴，身為雙胞胎的我應該也差不到哪裡吧？好想快點長大喔！全天下的美少年馬上都是屬於我的了！」

伊里亞德聞言立即露出與那張英俊小臉不相稱的猥瑣神情：「嘿嘿！真是渺小的願望。我的宏願是要把世上所有美人都納入後宮之中！」

若此刻有路人經過，聽到這對外表迷人、清純的小孩說出此等豪語，必定會驚嚇打擊得一個觔斗栽倒在地……

就在這對人小鬼大的雙胞胎妄想著美好的未來而嘩啦嘩啦地流著口水之際，森林裡傳來的細微騷動令他們如驚弓之鳥般從草地霍地站起，並雙雙擺出戒備姿態。

女孩緊張地小聲詢問：「伊里亞德，是追兵還是精靈族？」無論是哪方，都不是他們想遇見的。

被光明神教抓回去的下場自然是火刑伺候；至於精靈這個神祕的種族，最後一次入世的壯舉，就是把一個國家的國君與其最精銳的戰力滅掉，顯然也是群招惹不得、心狠手辣的狠角色。被他們發現有人類闖入伊迪蘭斯亞森林，下場絕對不會是邀請對方進去喝杯茶那麼簡單！

早在進入森林時便掌控了一絲闇系元素做偵察之用，伊里亞德連忙驅使闇元素前往出現動靜的草叢裡。黑暗對於這名擁有闇系體質的孩子來說自然無法妨礙他的視線，男孩在看清隱藏在草叢後的東西後，猛然吞了吞口水，露出了古怪不已的神情。

看到自家兄弟的痴呆表情，焦急的女孩不禁再度催促。

「你到底看到什麼了？」

「是精靈，可是……」男孩說到這裡，忽然拔腿往森林的方向跑去。

「伊里亞德！可惡……等等我！」呼喚弟弟回來不果，妮娜生氣地跺了跺腳，便從後追了上去。

同樣擁有闇系體質的妮娜沒有被漆黑一片的環境所妨礙，很快便追上了鑽進草叢裡的弟弟。

當看到草叢後的景緻時，妮娜總算明白伊里亞德為何露出如此古怪的神情……

高至腰間的草叢背後，側臥著一名寸縷未掛的美麗少女！

赤裸的少女微微撐起了上半身，淡金的月色長髮披散於珍珠色的肌膚上卻遮掩不住玲瓏有致的身材。一雙彷如初生嬰兒般純淨的翠綠眸子微微睜大，訝異地看著忽然衝進來的雙胞胎。

妮娜見狀，也來不及詢問眼前的狀況了。揮了揮纖細的手臂，四周的闇系元素頓時纏繞在少女身上，隨即竟實體化變成了黑色衣物。

隨著衣服的形成，妮娜本來紅潤的臉頰瞬間變得蒼白，隨即眼前一黑便軟軟地倒了下去。還好金髮少女及時把她接著，這才讓女孩免於摔倒在地的命運。

懷中的溫暖讓少女微微失神，一直空虛的心房竟神奇地感到前所未有的滿足。

「這就是擁有身體的感覺嗎？難怪那麼多神祇甘願放棄至高無上的力量，就只是為了感受這種溫暖吧？」

軟倒在少女懷裡的妮娜甩了甩暈眩的腦袋，一張即使年紀尚幼、卻已艷麗無比的臉龐依舊帶有幾分虛弱的蒼白，楚楚可憐得讓人心生憐憫。

伊里亞德扶起了虛弱的姊姊，看到對方臉上的痛苦神情不由得責備道：「活該！誰教妳勉強自己？別忘記妳的力量被光明神教那群混蛋削弱得連渣也不剩，沒三、四年無法回到全盛時期耶！」

在伊里亞德的攙扶下緩緩站起的妮娜，無所謂地聳了聳肩。

「你用魔法陣幫我把力量增幅回去不就好了嗎？畢竟我的基底還在，純粹的元素體與普通人類吸納魔力的速度相比可是一個在天一個在地，我們也該知足了。」

被妮娜那漫不經心的態度氣得不輕，伊里亞德還想要再責罵兩句，正要說出口的話卻倏地頓住，只是直看著草地上的金髮少女呆呆發怔。

看到向來臭屁的弟弟難得露出驚嚇的神情，妮娜順著男孩的視線看去，驚見一道人型黑影若有似無地飄浮於金髮少女身後，簡直就像傳說中的背後靈！

「哇！」女孩驚叫一聲，隨即乾脆躲至弟弟身後，並用力把對方推前了兩步。

「這太過分了吧？妳不是經常爭著要當老大的嗎？年長者要保護年幼的弟妹妳懂不懂!?」伊里亞德被親姊姊的無恥舉動氣得哇哇大叫，反倒沒有閒情來理會那個看起來超級不祥的黑影。

妮娜卻是臉也不紅、振振有詞地說道：「男生保護女生天經地義！」

就在雙胞胎上演著「手足相殘」的戲碼之際，金髮少女發言了：「你們能看見這孩子？」

隨著少女的詢問，黑影彷彿很激動地顫動了起來，接著更是猛然變得更漆黑，看起來更加不祥了……

姊弟倆對望一眼，均想著是不是應該說自己看不見比較好……

就在兩人想要矢口否認之際，黑影再度產生變化，猶如煙霧般虛幻不定的形態開始變得濃烈，最後竟凝聚成了人形！

孩子形態的黑影——而且是三頭身縮小版，矮小的身材、胖胖的小手小腳，仰起圓滾滾的頭顱打量他們的舉動簡直可愛得讓人流鼻血！就連親眼看著黑影從驚悚至「卡娃伊」異變過程的雙胞胎，也產生出一種想要上前拍拍它小腦袋的衝動。

不正常！這座精靈森林太不正常了！森林裡出現赤裸的精靈美少女也罷了，這個黑影小孩到底是什麼東西!?

要是被精靈們聽到雙胞胎的吶喊，他們必定會委屈得哭出來。話說無論是金髮少女還是黑影小孩都不關精靈族的事啊……

把兩人的表情盡收眼底，金髮少女露出驚喜的笑容。「你們果然能看見它！」

此刻裝作看不見已經太遲了，伊里亞德揉了揉發疼的太陽穴，總算下定決心正視眼前的問題。「你們……到底是誰？」

金髮少女露出茫然的神情，說道：「我現在……應該算是個精靈吧？」

兩人不禁囧了。這個身處精靈森林的少女擁有尖長的耳朵、秀麗的容貌及一頭如新月般的淡金髮色，一身精靈的特徵實在太明顯了，她是精靈這點根本就不用多說了吧？

就連我們這些外人也能一眼看出妳是精靈，妳在不確定什麼？

然而少女的神情卻很認真，認真得孩子們一時間也不知該怎麼吐槽。

雖然少女的話讓人疑惑，但妮娜還是決定先把狀況搞清楚。與伊里亞德對望了一眼，女孩指了指孩子形態的黑影：「那它呢？」

說到黑影，少女立即露出寵溺的美麗笑容：「這孩子是我的兄弟。」

男孩看了看漆黑的黑影、再看了看膚色白皙的少女，最終只能感嘆：「多黑的膚色啊……妳的弟弟似乎很喜歡曬太陽？」

伊里亞德那有感而發的感想讓金髮少女「噗哧」一聲笑了出來。

感覺到這名神祕少女與小小黑影沒有任何惡意，妮娜的態度也變得隨和起來：「妳不只是個普通的精靈那麼簡單吧？」

少女坦然點了點頭，說道：「我也是剛剛才轉生為精靈的。在此之前，世人皆稱呼我為『光明神』。」

雙胞胎不約而同地睜大一雙暗藍色的眸子，他們真的被嚇到了。

光明神!?那不正是光明神教所信奉的神明、害他們差點被施以火刑的罪魁禍首、敵人中的最終Boss嗎？

這是開玩笑的吧!?

少女翠綠的眸子很清澈，神色也非常認真。這打消雙胞胎認為對方是在開玩笑的猜測；也正因為如此，才更讓孩子們驚疑不定。

祂與黑影是從蒼穹所產生出來的兩名神祇。

神族沒有所謂的幼年期，從降生的瞬間，兩人便知悉自己的身分，以及祂們所擁有、超越一般種族的神奇力量。

沒有軀殼的祂們猶如幽靈般存在於天地之間，偶爾會使用神力來幫助有需要的人又或是惡作劇一番。久而久之，神祇的種種事蹟被人們稱之為「神蹟」，獲得了人類的敬畏與崇拜。

「母親」是給予世間萬物光與暗的蒼穹，從中誕生的祂們一出生便位處高階神明的位置，自身更體現了蒼穹兩種截然相反的特質——光與影。

少女爲光、黑影爲暗，光影的正反兩面讓這對雙神祇的差距變得益發巨大。神祇的力量來自人類的信仰，祈求光明的人類絡繹不絕，甚至還自發地組織了信奉光明的「光明神教」；然而卻沒有任何人願意信奉代表黑暗、絕望等負面象徵的黑影。

在一方益發強勢、另一方卻逐漸衰弱的狀況下，少女的存在開始無意識地蠶食著黑影的力量。當少女察覺到時，對方已被她削弱至幾近消失的境地。

爲了拯救兄弟的性命，少女毅然決定放棄神族的身分轉生爲其他生命體。雖然未知的未來讓她感到徬徨無依，可是這麼做至少能保全黑影的性命，讓摯愛的弟弟不至於就此消逝。

聽完少女的描述，雙胞胎看著兩人的目光頓時變得不同了。神祇與人類有著共生關係，人類透過神祇的力量獲得庇護，神祇吸收人類的信仰之力變得強大。一直以來，虛幻的神祇在人類心目中都是神祕而超然的。如此面對面地接觸著「神」，即使是這對天不怕地不怕的姊弟也免不了緊張起來。

對於他們這種擁有萬中無一純闇系體質的人來說，接觸象徵著負面與黑暗的黑影不但不會爲他們帶來任何影響，反而能夠帶來絕大的好處。因此明白黑影的背景、驅除了對未知事物的恐懼後，雙胞胎反而覺得這個由黑暗凝聚而成的小孩子可愛得緊，一身遭遇更是讓人又憐又愛。

女孩本就比男生更喜歡可愛的東西，妮娜向黑影笑了笑，小心翼翼地伸出手。「幸會，我是妮娜。這小鬼是我弟伊里亞德。」

三頭身的小黑影猶豫片刻，在金髮少女鼓勵的目光下遲疑著伸出胖胖的小手，用迅雷不及掩耳般的速度飛快地碰了碰妮娜的指尖，隨即便像隻受驚的小動物般瞬間躲回少女背後。

也許由於力量過於虛弱的緣故，黑影無法如同其他神祇般在人類的腦海裡留下神識，可就在指尖觸碰的瞬間，妮娜還是清晰地感受到一種充滿驚慌與期盼、並不屬於自身的情緒。

眼前這個小小的生命體與自己何其相似？同樣因爲天生的能力受到世人厭惡與憎恨，這明明就不是祂的錯，可是卻只能默默忍受著被世人排斥的孤單與痛苦。

「請不用害怕，因爲我們和你其實是一樣的。」

聽到妮娜真摯的話語，黑影從金髮少女背後探頭而出，猶豫不決地看著除了自家姊妹外，首次向祂露出友善笑容的小女孩。

「你還在猶豫什麼呢？快點過去吧！」最終還是看不過眼的金髮少女伸手在小黑影的背後輕輕一推，讓祂從自己背後暴露了出來。

小黑影不知所措地回首看了看少女，隨即又帶有怯意地看了看妮娜，神情活像個初次上學、不願意離開父母身邊的小孩子，哪有半分神明應有的威嚴與高傲？

正因如此，才更讓人憐愛。

感受到妮娜的善意，黑影再度邁開腳步，小心翼翼地往女孩靠近。

黑影如先前般伸出了手，只是從這次的接觸中，妮娜所感受到的卻是親近、喜歡等情緒，開心得女孩顧不得會嚇到對方，衝上前把只比小嬰兒大一點點的黑影抱在懷裡。

女孩的喜悅同樣傳遞給了黑影，雖然小黑影對妮娜的擁抱有點驚惶失措，但卻沒有表現出太大的抗拒。

純闇體質對於闇元素有著超常的敏銳與觸覺，妮娜感受到黑影所散發出來的氣息後，不禁皺起了眉。「祂真的好虛弱！再這樣下去，這孩子會消失的。」

聽到妮娜的話，金髮少女哀傷地垂下眼簾，說道：「還是不行嗎？即使我選擇放棄神祇的身分卻依舊無法挽回嗎？」

一直在旁沉默不語的伊里亞德輕聲說道：「也許並不是沒有方法。」

金髮少女霍地抬頭，翠綠的雙眼閃動著亮晶晶的盼望與希冀。

「裝什麼深沉？有方法就快點給我吐出來。」面對自家兄弟，妮娜可沒有金髮少女那麼客氣了。

男孩認眞想了想，這才回答道：「神祇以信仰爲力量之源，身爲高階神明的祂之所以會變得如此弱小，那是因爲闇系力量並不爲人類所喜歡，對吧？」

金髮少女黯然頷首。

男孩續道：「那麼，就讓更多人信仰黑暗之力不就可以了嗎？」

妮娜聞言立即很不給對方面子地反了反白眼。「看你說得輕鬆！要是眞那麼簡單，這孩子從一開始就不用受那麼多苦了。」

伊里亞德的決心卻異常堅定。

「不嘗試又怎麼知道做不到？以前沒有信奉黑暗的宗教，難道我們就不能創造一個嗎？妳懷裡抱著的可是貨眞價實的闇系神祇啊！」

少女與女孩都被男孩的豪言壯語驚呆了。

見狀，伊里亞德繼續煽動道：「妳們想想，人類爲什麼會崇拜神祇？還不是因爲想要從中獲得守護與力量？只要給予他們想要的，即使是暗黑之神也未必無法獲得人民的供奉。」

「可是、可是這孩子的力量……」男孩構思的藍圖很美好，金髮少女內心的天秤已隨著對方的話而逐漸傾斜。可是一想及小黑影連維持自身存在的力量都幾乎不足，少女便不禁再度感到氣餒。

從小便生活在一起，即使沒有傳說中雙胞胎特有的心電感應，妮娜還是非常了解伊里亞德這個弟弟。她馬上便反應過來對方的意思。「小黑影暫時無法使用神力，但我們可以使用闇魔法來忽悠那些信徒啊！身爲純闇系體質的我們，天生便能吸引天地間的闇元素，若配合魔法陣，做出十個八個小奇蹟也絕對沒問題！」

向妮娜投以一個讚賞的笑容，伊里亞德轉向一旁的精靈少女，說道：「我們來做個交易吧！」

面對少女疑惑的眼神，男孩那雖然年幼、卻已有著美男子雛形的漂亮臉龐上是滿滿的自信。「我們幫助妳的兄弟建立一個新的宗教。作爲交換，妳利用精靈身分提供我們庇護與幫助。聽說精靈是非常護短且數量稀少的種族，對於妳的請求，他們必定會欣然答應吧？」

少女輕輕點頭，隨著她的動作，幾縷金色髮絲輕柔地從耳畔滑落，在月光下折射出點點淡金色的光輝。

雙胞胎對望了一眼，隨即不約而同地笑了。

ch.7 降魔戰爭

場景再次轉換，取名爲卡洛琳的離群精靈被生命之樹挑選爲新一任的精靈王。擁有著精靈族漫長壽命的少女年輕依舊，然而與她一起現身於伊迪蘭斯亞森林的人類男孩卻早已成長爲俊美的少年，其英俊的外貌與獨特的氣質讓不少精靈族的少女芳心暗許。

擁有精靈族這個可靠的後援，妮娜與黑影創立了信仰黑暗力量的暗黑神教並將其發揚光大。對光明神的信徒來說，暗黑神教的成長是不被允許的，在他們不遺餘力的惡意宣揚下，世人眼中的暗黑神教很快便成了信奉邪神的宗教。他們與惡魔同行、與黑暗爲伍，可怕的亡靈魔法與闇系詛咒更是爲這宗教蒙上讓人恐懼的陰影，他們的存在本身就是罪孽！

然而如同伊里亞德的預期般，只要有足夠的利益作回報，哪怕是再可怕百倍的神祇也能擁有忠誠的信徒，何況暗黑神教並不如其他人所誤解般恐怖，只是驅使亡靈等手段讓人畏懼而已。

暗黑神教剛冒出頭時，光明神教曾多次想打壓這個本質與光明神完全相反的宗教，可惜每次逼得對方緊了，這些暗黑教徒便乾脆鬧失蹤。即使信徒遍布大陸，光明神教的力量竟也找不到他們的蹤跡，簡直就像是憑空消失了一樣。

這些光明教徒絕對想不到每每在暗黑神教遭到滅教危機時，他們那位美麗的妮娜祭司便會帶領教徒躲在精靈森林的邊緣。即使光明神教的教徒數量再多也沒用，誰會把恐怖的暗黑教徒與美麗善良的精靈族聯想在一起？

精靈族的幫助不但讓暗黑教徒的信仰之心更爲堅定，暗黑神教多次的全身而退更是爲這個宗教蒙上一層神祕的色彩，甚至成爲吸納新信徒的其中一個亮點呢！

□

伊迪蘭斯亞森林裡，一名人類少年用樹枝在草地上飛快刻劃著一串串雜亂無章的文字。

「伊里亞德，我說過多少次別在森林裡胡亂設置傳送陣。」一個清澈動聽、卻沒有高低起伏的少年嗓音響起，以淡淡的語調說出了警告的話語。

伊里亞德丟下手裡的樹枝，並略帶遺憾地看了看完成一半的傳送陣，便轉身朝身後的銀髮精靈一臉無所謂地聳了聳肩。

「練練而已，我又沒有打算眞的把它完成。」

看著地面那凌亂不堪的古文字，這位年紀輕輕卻在族中位高權重的銀髮少年冷冷地說了聲：「說謊。」

早就習慣對方性情的伊里亞德，一臉戲謔地瞇起一雙暗藍眸子，本著「裝嫩容易激起女性母愛」的眞理，他這些年來硬是用魔法把外貌維持於十二歲的少年時期。雖然看起來仍有著無法擺脫的青澀，然而卻已有種讓人移不開視線的魅力。

眞不知道這傢伙回復到眞實年齡後，到底會禍害多少女性。

「哎～克里斯，笑一個嘛！明明是個小美人，老是木無表情的多可惜。」

對對方的調戲無動於衷，克里斯既不憤怒也不害羞，只淡淡地回以一句：「我不希望被年紀比我小的人喚我作小美人。」

「沒看見我現在已長得比你高了嗎？以你們精靈族的漫長壽命來計算的話，我早追過你了！」雖然精靈自始至終都一臉淡然，可是伊里亞德卻有種被人瞧不起的感覺。

克里斯輕輕一抬手，地面便長出一片翠綠青草把上面的古文字全數覆蓋住，同時草的根部更徹底破壞了魔法陣的結構。

「純闇系體質與普通人類不同，你們的壽命會因身體自動吸納闇元素而延長，即使什麼也不做至少還有數百年可活呢！更別提你已是名法聖了，壽命絕不會比我們族人短。」

伊里亞德挑了挑眉，說：「那又如何？精靈就連成長也慢吞吞的，我可是比你們快多了。」

克里斯充滿懷疑地瞟了瞟對方那張年輕俊美的臉：「你確定你會任由自己長大，不會偷偷用魔法把容貌保持著年輕？」

「……」

「小伊！嗯？眞難得，克里斯也在。」嬌柔的聲音呼喚著伊里亞德的暱稱，在整座伊迪蘭斯亞森林中，就只有精靈王卡洛琳會如此肆無忌憚地呼喚這個一身魔力連精靈也感到戰慄不已的人類少年。

經過時光的洗滌以及長老們不遺餘力的教導，卡洛琳已不復當初的單純無知，然而一顆美麗的心卻仍如同初生嬰兒般的純潔與善良。身爲長壽的精靈族，短短數百年的時光無法在少女身上留下任何痕跡，那頭淡金秀髮、清雅秀麗的容貌、象牙白的肌膚，無一不彰顯少女獨有的青春氣息。

從這位精靈王身上感受不到絲毫上位者應有的威壓與疏離感，反而有種如沐春風般的大自然氣息。加上少女那親切純眞的性情，沒有人會不喜歡這位年輕貌美的精靈王。

「殿下。」看清楚來人後，克里斯立即向少女行了一禮，伊里亞德卻仍是一副懶洋洋的模樣。眾精靈對此倒也見怪不怪了，也沒有人對這名在精靈森林裡身分特殊的人類少年多說什麼。

這孩子可說是伊迪蘭斯亞森林裡最特別的存在，擁有著純闇系體質、身爲人類的他成長得比精靈們預期得更爲出色——若是撇開那種只要是美人都會去勾引的性格，單以能力而言，少年還是很傑出的。

現在伊里亞德的魔力足以媲美一名法聖，陰險多變的手段更是層出不窮。各式各樣的魔法陣、刻劃於武器上的銘文、祭祀所用的祈禱文等，少年無一不精，也不知道他腦海裡這些五花八門的知識到底打從哪兒來的。

最可怕的是，這小子只有三百多歲啊！在長壽的精靈們眼中，伊里亞德的年紀還只是個小孩子，但卻已成長到了許多精靈族人一輩子也無法到達的程度。

三百多歲的法聖！若他一直以這種速度成長，此生必定能踏進法神的境界，那可是連長老們也不一定能到達的程度！

難怪光明神教如此拚命抹殺純闇體質的孩子，這種天賦一旦成熟，就連精靈族也會膽戰心驚，而光明神教徒又怎能不寢食難安呢？

精靈們並不知道伊里亞德與妮娜所學習的闇系魔法，其實全都來自於暗黑神教所信奉的神祇——暗黑之神。這位卡洛琳的兄弟雖然力量不怎麼樣，可是黑暗終究是祂的專屬領域，神祇的天賦讓祂對闇系魔法無所不知無所不曉，這倒是直接便宜了這對雙胞胎。在三百多歲這個即使擁有優越魔法天賦的精靈們，仍只能處於傳奇法師階段的年紀，硬生生把他們培養成離法神只有一步之遙的法聖。

有神祇作為作弊利器，再加上得天獨厚的純闇體質，他們不強才有鬼呢！

「怎麼了？小伊，你不高興嗎？」即使早已不如最初般對世事一無所知，即使在長老們的悉心教導下，已初具領導者的風範，可是卡洛琳仍舊是卡洛琳，依舊是當初那個睜著一雙清澈如初生幼鹿般的眼神、擁有善良溫柔心的少女。

對於眼前這個比自己幼小、卻處處受對方照顧的人類少年，卡洛琳把他當作親人般看待，打從心底的關心幾乎已成了本能，即使伊里亞德再擅於掩飾，她還是能輕易察覺到少年的情緒波動。

伊里亞德沒有迴避精靈王的問題，如同卡洛琳將他視為親人，伊里亞德對她也沒有任何保留，全心全意地信任。「是啊，有些人的做法實在讓人不爽。」

克里斯淡淡看了少年一眼。「你在為暗黑神教打抱不平吧？聽鎮守邊界的精靈兄弟說，你那位身為闇祭司的姊妹前日又再度帶領教眾藏身在精靈森林裡。」

顯然並不知道此事的卡洛琳緊張地詢問：「有沒有人受傷？」

白色使者那雙素來淡然平靜的淡藍眸子掠過一絲疑惑的波瀾，他總覺得精靈王對於這個信奉黑暗的宗教未免過於關心了，那關切的程度似乎並不只因爲大祭司是伊里亞德的姊姊……

「暗黑神教已隱隱於帝國紮根，除了平民外，更開始出現貴族的信徒，這讓光明神教再也不敢如先前般光明正大地進行迫害。聽說這次的事件是某些狂熱的光明教徒擅自的行動，與光明神教無關。」

伊里亞德冷笑：「與光明神教無關？他們眞的把所有人都當成傻子嗎？不過也罷，反正這些傢伙也囂張不了多久。」

接收到兩名精靈投來的詢問視線，少年勾起與外表年齡不符的惑人笑容輕聲說道：「對於一個宗教來說，沒有什麼比失卻守護神祇更爲致命，只要把光明神已不在的消息宣揚出去，光明神教自然會分裂瓦解。在如此脆弱的時期竟然還不全力穩固教派的凝聚力，只把精力花費在打壓別人。我該佩服他們的自信，還是嘲笑他們的愚蠢好？」

卡洛琳聞言幽幽地嘆了口氣。雖然她也對光明神教的做法很感冒，但這終究是信仰曾爲光明神的自己的宗教，對於它的沒落，少女不由得感到失落的同時，卻又爲帶領暗黑神教的小黑影感到高興，心情複雜得很。

雖然搞不懂精靈王為何忽然變得悶悶不樂，可看到對方興致不高，克里斯很體貼地轉移了話題：「聽說最近魔族的活動益發頻繁，相信不用多久，便會爆發出種族大戰了吧？」

魔族，殘忍與嗜血的代名詞，是所有種族的公敵。

這個可怕的族群並不是大陸的原生物種，傳說是一個空間系的法神在鑽研新魔法時不小心將大陸與另一個空間連接起來，魔族便是從那未知的空間侵襲而來的可怕種族。

人們把那通道的盡頭稱之為「黑暗之地」。

魔族出現後，短短百多年便讓大陸上三十多個種族滅絕。其中甚至包括了身材高大如山、力氣比龍族更為強悍的泰坦族！

泰坦族的滅絕，把大陸上的五大種族——龍族、精靈、泰坦、人類、獸族，直接變成了四大種族。

不久前，魔族終於向大陸上實力最強的龍族下手，並成功屠殺了一頭銀龍。雖然被殺的只是頭未成年的幼龍，但已足以讓大陸上各自為政的種族警惕、團結一致來反擊了。

在這關乎整個大陸安危的大義上，即使是隱世生活的精靈族也無法置身事外，在精靈王的帶領下，投身至這場慘烈的戰爭裡。

這場被後世稱爲「降魔戰爭」的種族大戰可說是歷史上最爲慘烈的戰爭。所有大陸的原住民強至龍族、弱至地精等全都放下種族間的成見與矛盾，挺身而出對抗從黑暗之地而來的入侵者——魔族。

這一戰造就了無數英雄，他們的事蹟在多年後依舊在民間廣泛流傳，於吟遊詩人口中變成了壯烈動聽的故事。卻鮮少有人知道，這場戰爭在牽動著整個大陸的同時，也牽引出一段美麗的姻緣。

作爲人類最強大的國度——菲利克斯帝國當仁不讓地成爲了人類一方的核心，統領著由數十個國家集結而成的大軍。

雖說大陸上各種族願意放下對立與成見，結成共同對抗魔族的聯盟，但多年累積下來的恩怨又怎是一朝一夕可以化解的？這個所謂的「聯盟」也只是說來好聽而已，事實上，每個種族各走不同的進攻路線，彼此能不能遇上還是未知數，更遑論一起並肩作戰。

不過這也是沒辦法的事，先不論各種族間的矛盾，不同種族各有所長，加上彼此實力強弱懸殊，大家在同一個戰場戰鬥還不知道會鬧出什麼慘劇呢！

例如，巨龍與深淵巨獸之間的大戰，根本就不是其他種族能插得上手的，這種程度的戰鬥若有其他實力不足的種族在場，也只能成爲炮灰，根本完全幫不上忙。

因此，自結成聯盟的那天起，各種族很有默契地找出最適合討伐的魔族族群後，便開始了各自爲政的降魔大戰。

當年精靈族的對手是以血液維生的魔族——血族。這是個可怕、瘋狂的族群，他們外貌與人類相近，長相俊美，面孔卻病態的蒼白，懼怕陽光、擁有尖長的獠牙。高階血族更有著可以飛行的翅膀，甚至能僞裝幻化成蝙蝠或是黑影，偷襲起來讓人防不勝防。

人類就多次在血族的手上吃過大虧。這些血族只有在失去頭顱或心臟被刺穿時才會眞正死亡。當時不少平民全靠光明祭司分發的聖水保護才能避過一劫，這也是光明神教會受到各方追隨的主因。

然而，當敵人由人類變成了精靈時，血族卻由狩獵者轉變成被追殺的獵物。畢竟精靈天生具有優越的自然系元素親和力及敏銳的五感，在森林這個戰場裡，一草一木全是精靈們的耳目，血族頓時變得無所遁形，擅於藏匿的優勢盪然無存。

至於血族速度快、能夠飛翔這些特質，對精靈們來說卻是連威脅也構不上。要知道每個精靈都是出色的弓箭手啊！那些在天上飛來飛去裝厲害的血族不正是最佳的活靶子嗎？

所以血族對上精靈可說是徹底的悲劇，不出一個月，十多名稀少的高階血族便被精靈除掉了七人，於是那名喜愛上人類貴族封號、自稱什麼吸血伯爵的血族之王，不得不帶領族人向西方逃竄，試圖保留實力等待與狼人會合後再做反擊。

狼人也是魔族的一員，他們與獸族的中狼族雖只有一字之差，可卻是南轅北轍的生物。

狼人性情殘暴，能從人身化身成半人半狼的形態，於滿月時更會失去理智變成只懂破壞殺戮的怪物，只有銀器才能對他們造成傷害，於降魔大戰中，狼人的對手是人類。

在黑暗之地裡，狼人是血族的奴隸。雖然在進入大陸後，狼人的實力獲得魔族軍團長花火的賞識，從低下的奴隸搖身一變成了一股凶猛的新戰力，可由於他們長期受到血族的驅使，爲血族服務的念頭早已深入骨髓，這正是爲什麼血族不敵精靈時，首先想到的不是投靠最強大的深淵巨獸，而是選擇與狼人會合的主要原因。

雖然人類的身體條件不及狼人，然而，人類——大陸上公認最靈活多變的種族，卻充分利用他們獨特的優勢，運用戰略以及矮人特製的滲銀武器打得凶悍的狼人節節敗退。

因爲血族與狼人的合作關係，於是年輕的人類統帥與女扮男裝的精靈王相遇了。

「統帥，爲何不繼續猛攻？只要再給我三天的時間，必定能夠擊潰狼人的防線。」一名小國的將軍凝重地提出詢問後，各國的代表也贊同地點點頭。

雖然不理解菲利克斯六世爲什麼在形勢大好之際鳴金收兵，可是在這段戰爭期間，這位年輕的王者早已用實力來證明自己的才能，成功樹立出可靠高大的領導者形象。因此眾將軍雖然對傑羅德的決定感到不滿，但仍立即下令士兵回防，只在事後要求有所解釋。

「這些狼人雖然在逃，可是隊形沒有絲毫混亂，並不像戰敗的樣子，反倒像引誘著我們前往南方。」傑羅德銳利的紫藍雙眸緊盯著狼人退守的山脈。自從大戰開始後，這位國王的氣質產生了翻天覆地的變化，若說先前的他只是頭剛剛學會展翅飛翔的幼鷹，那麼經過戰火與鮮血洗禮的他，雖然依舊年輕，卻散發著一種令人不由自主感到敬畏、凌厲的領導者氣息，就像是凌駕於萬獸之上的雄獅。

聽到菲利克斯六世的話，那些眼睜睜與戰功失之交臂而略顯浮躁的年輕將軍也漸漸冷靜下來，並露出深思的表情。其他沒有發問、與傑羅德一樣對狼人的舉動產生疑問的將軍們則是雙眼精光一閃，讚賞的神色毫不保留地展現在臉上。

這裡是戰場，個人戰力並不重要，對戰爭動向的敏銳觸角以及局勢掌握力才是身爲統帥的必備能力。這一點，眼前的年輕人明顯幹得很好，最難得的是，他並沒有被累積的勝利沖昏頭。

「統帥，難道我們就這樣在山脈外乾等嗎？我們史賓社的戰士全都是不怕死的勇士，即使對方在山脈裡設置了埋伏也無所畏懼！」一名臉上仍帶著青澀的少年越群而出，他正是史賓社國的親王、同時也是在降魔大戰中除了菲利克斯六世以外親自前往戰場前線的王族！

降魔大戰是事關大陸上所有種族的生死大戰！別看狼人在魔族中的等級並不高，他們可是數量最多、於大陸上分布最廣的魔族，棘手程度絕對不低。現在把狼人打得四處逃竄的風光背後，所付出的代價是歷史上任何一場大戰都無法比擬的！

對其他國家來說，不要說王族了，就算是爵位較高的貴族也不會前往這九死一生的前線，偏偏這位史賓社的親王卻現身於此，背後的故事就讓人好奇了。

傳聞老國王過世時，遺詔是傳位給艾倫·史賓社這個兒子的，然而不知道老國王的弟弟用什麼手段篡改了遺詔，結果原本的親王成了新國王，被冊封爲親王的艾倫卻只獲得一塊偏僻貧瘠的領地。

從艾倫出現在前線來看，史賓社的國王終於向這位親姪兒、前國王的唯一血脈露出了獠牙。傑羅德可以預想即使這名少年能在戰爭中存活下來，回國後也只會遇上瘋狂的刺殺而已。畢竟在降魔大戰活下來的勇士與無權無勢的親王身分相比，威脅性大太多了，做爲親王的他，對現任國王來說尚且不能容忍，又怎會允許將成爲更大威脅的少年繼續存在？

把艾倫派往戰爭前線，史賓社國王的舉動已不是陰謀，而是赤裸裸的陽謀了。

也許是感受到這籠罩在身上的死亡陰影，這位年輕的親王雖然總是笑嘻嘻的，但眸子裡常常浮現出一股壯志凌雲的決然意味，立功的欲望也比其他人強大得多。因爲他知道，只有在戰場上盡力爭取更多軍功，回國後才能多一線活命的機會。

也許正因如此，對於艾倫這番煽動的話，傑羅德聽來不但沒有任何憤怒，反倒感到惋惜不已。

艾倫．史賓社的確是名優秀的戰士，只能說，生於帝王之家是他的不幸。

「我當然明白戰士們的勇敢，然而所有性命都是寶貴的，不怕死，並不代表要白白送死。請史賓社親王忍耐，總會有讓貴國勇士建功立業的時候。」

菲利克斯六世意有所指的話語帶著深意，雙眼更是透露出眞摯與坦誠。這讓急於立功的艾倫心情慢慢冷靜下來，更不得不慨嘆同屬國家的最高權力者，爲什麼自己的叔叔與人家的氣度差距那麼大？

艾倫自小的夢想是成爲史賓社最勇敢的戰士，對於王位，他其實遠不如他叔叔所想像的那麼熱衷。

如果、如果他的叔叔擁有菲利克斯六世的氣度，也許自己的境況便會完全不同了吧？

右手握拳橫向地輕敲了胸口一下，艾倫向傑羅德行了一個軍禮後便不再言語。

傑羅德心念一動，細細打量著眼前的戰士，愈看愈覺得如此出色的戰士就這樣死於權力鬥爭中實在可惜得很。

也許在戰爭結束後，他看狀況，試試拉這孩子一把吧？

來自各國的軍官領命散去後，傑羅德便向少年拋出了橄欖枝。聽到青年的提問，艾倫便回復了平常總是嬉皮笑臉的神情，語帶輕佻地開起玩笑：「統帥若想要幫忙的話，很簡單啊！我的能力與手段不見得比王叔差，欠缺的只是時間累積的人望及人脈。若有菲利克斯帝國的公主做妻子，必定能成爲坐上王位的一大助力。」

傑羅德呵呵笑道：「抱歉，我一向崇尙自由戀愛的。」

艾倫挑了挑眉，回問：「身爲王室成員，卻說著自由戀愛？」

青年理所當然地攤了攤手。「自由選擇陪伴自己終生的伴侶難道不對嗎？雖然這麼說有點對不起已過世的妻子，可是我有過一段失敗的政治婚姻，並不希望女兒們步上我的後塵。」

看到傑羅德那張年輕得過分的臉龐上露出傻父親的白痴笑容，艾倫臉上不禁浮現出濃濃的羨慕，低聲呢喃：「有這樣的父親……應該很幸福吧？」

艾倫的音量很小，卻想不到微風吹過，正好隱隱約約地把這段渴望親情的話語吹至傑羅德的耳中。

紫藍色的眸子閃過一絲憐憫，傑羅德拍了拍少年的肩膀：「不是我自誇，三個女兒中，我大女兒眞的很不錯，而且與你年紀相近，就是野心大了點，不過以你的能力應該能駕馭有餘吧？有本事的話，歡迎你來拐走我的女兒。」

艾倫定定地注視著傑羅德，平常總是笑嘻嘻、可卻不帶有眞正笑意的冷冽眸子漸漸浮現出淡淡的暖意。

良久，少年輕聲說道：「謝謝！」

他很明白叔叔對他的忌憚，雙方早已是不死不休的局面。要保住性命，唯一的途徑就只有把叔叔拉下台，奪回屬於他的王位一途。只是這談何容易？即使他手上藏有父王死前所寫的遺詔、即使他是參與降魔之戰的勇者，但他的根基還太淺，單憑這些並不足以撼動叔叔的地位。

他需要時間！

迎娶菲利克斯帝國的大公主，這足以讓叔叔因忌憚這層關係而暫停迫害他的步伐，好讓少年獲得珍貴的喘息機會。

艾倫知道傑羅德這麼做是特意來拉他一把的。以菲利克斯帝國的國力，對方絕對有能力爲大公主找一名強國的國君作丈夫，從中獲取不少利益與好處。

聽到少年的道謝，傑羅德微笑著拍了拍對方的肩膀：「沒什麼好謝的，我只是爲你指出一條道路而已，這門婚事成不成，還須要我大女兒點頭。何況我也不吃虧，史賓社近年來的國力雖然開始走下坡，可畢竟是建國數千年的泱泱大國，根基仍在。我相信自己看人的眼光，以你的能力，必定能讓史賓社再度創造出當年的輝煌。也許有一天，菲利克斯帝國還需要你們來照顧呢！我也只算是提前投資而已，稱不上幫忙。」

艾倫聞言卻很認眞地允諾：「若我能成功地活下來，我發誓史賓社永遠都是菲利克斯的朋友，若有任何需要我國幫忙之處，赴湯蹈火在所不辭！」

ch.8 邂逅

傑羅德愣了愣。他剛才那番話只是爲了讓少年釋懷而已，想不到卻換來如此不得了的承諾。身爲一國之君，傑羅德自然知道一個國家毫不保留的支援到底是什麼意思。然而看著少年充滿眞誠與執拗的眸子，他卻發現自己無法把婉拒的話說出口，最終，他只能苦笑著點點頭，領受了對方的好意。

忽然，一陣微弱而密集的「躂躂躂」聲音隨著微風傳來，讓軍營中休息待命的將領們霍地站起，並拔出武器警戒地注視著四周。

經過半年的征戰，眾人對這種聲響絕不陌生。這是馬匹奔馳的聲音。在全神警戒下，甚至還能從這些遠方吹過來的微風中聞出一絲鐵鏽味，這種氣味士兵們熟悉得很，是鮮血的味道！

「所有士兵戒備，派出哨兵查看狼人動向。」隨著傑羅德的命令，歇息的眾人全都動了起來。

洛卡取出隨身的水囊並用食指沾了一點河水，感受著微不可測的風向。「統領，狀況有點奇怪，帶著血腥味的風是從樹林裡吹來的。」

這時前往勘察山谷的哨兵也回來了，並上報藏匿在山谷裡的狼人並沒有異動，似乎血腥味眞的不是來自他們所追捕的嗜血種族。

此時從森林傳來微不可聞的震動，並隨著對方的接近而益發清晰。聽著愈來愈接近的馬蹄聲，傑羅德手一揮：「數量只有一匹，也許是敵方走散的騎兵！弓箭手準備。」

很快地，伴隨「沙沙」的聲響及馬蹄聲，一個騎乘白馬的身影猛然從高聳的森林裡躍出！

先前種種跡象已令弓箭手繃緊了所有神經，再加上來者出現得太突然，一名弓箭手在過於緊張的狀態下被嚇得手一鬆，蓄勢待發的箭矢立即向白馬上的人射去。

同時，眾人也在月色下看清來者的面貌。

馬背上的少年擁有一對長長的尖耳朵，一張美麗的臉龐以男性來說實在略顯陰柔；纖細修長的身體穿著染血的銀白軟甲，月色的長長髮絲於背後隨意地束起，竟是名俊美無比的精靈！

「危險！閃開！」在看到對方是個精靈的瞬間，傑羅德便知來者絕不是敵人，立即喊出警告的話語。偏偏這美麗精靈的反射神經顯然不怎麼樣，面對激射而出的箭矢，少年既沒有策馬閃避、也沒有揮劍把箭格開，而是睜大著一雙清澈如泉的碧綠眸子，在眾人驚嚇的注視下，毫無緊張感地「噫」了一聲。

眾將領一個踉蹌，差點便摔倒在地，那些弓箭手也幾乎沒把手穩住，只差一步便是萬箭齊發的局面。就連素來溫文穩重的菲利克斯六世也有種想開罵的衝動……

你在「噫」什麼？現在是呆坐在馬背上驚訝的時候嗎!?

即使明知自己的速度比不上箭矢，可善良的國王還是邁開腳步往少年奔去……雖然他此刻更想做的事是打精靈一拳。

一切只在電光石火間，在傑羅德剛起步的同時，箭矢已來到精靈少年面前。就在眾人全都認爲下一秒將會是血色飛濺的局面、部分人甚至移開視線不忍看到如此年輕美麗的精靈被箭矢所射殺之際，箭矢卻突然停頓在半空中動也不動，看起來就像是時間定住了似地。

士兵們驚歎地看著眼前神奇的一幕，不由得想起有關精靈的傳聞：聽說這個種族擁有得天獨厚的精神力，能在沒有晶石的狀況下，不唸咒文瞬發魔法。看精靈的表現，這個足以令所有人類魔法師羨慕不已的天賦似乎完全沒有任何誇大。

然而眾人還沒來得及鬆口氣，卻又出現了令人哭笑不得的變故。那支固定在半空的箭矢忽然彈起，「啪」地一聲，精靈少年光潔的額頭立即浮現起一道淡淡的紅印。

呆呆地看著眼前一幕，眾人表情怪異，誰也猜不透這個精靈到底想幹什麼，怎麼用魔法把箭矢控制了之後，卻又操控它來打自己？

眾人莫名其妙地直眨眼，正想出言詢問對方身分的話語，瞬間變成了驚呼，因爲那被箭矢擊中額頭的精靈搖搖欲墜了好一會兒後，竟從馬背上摔了下去！

傑羅德的嘴角抽搐了一下，心想一向沉穩的自己，也在短短時間裡因這少年的出現而情緒大起大落，這麼想來其他人露出這種目瞪口呆的愚蠢表情其實也不爲過了。

發生在這個精靈身上那接二連三的意外其實根本就不是意外，是特意和他們開玩笑的吧？

早已趕至白馬旁的傑羅德伸出雙臂把精靈牢牢接住，在對方跌入懷裡的瞬間，他驚訝地發現這美麗的精靈竟輕盈得驚人，那纖細的腰肢簡直就像一握便會斷掉似地，單薄的身子更是讓傑羅德不由得小心翼翼，生怕稍微使力便會把對方弄傷。

「謝謝！你可以放我下來了。」

對方的嗓音令傑羅德皺起眉，心想精靈還眞是雌雄莫辨啊！雖說懷裡的精靈還只是個少年，可是無論是聲音還是容貌也未免太中性了點。

青年的動作忽然一頓，素來沉穩的雙目閃過一絲狼狽與震驚。不小心按到某柔軟部位的手，不著痕跡地快速移開……

把精靈少年放下，傑羅德這才有餘裕仔細打量這名突然出現的精靈。然而才剛對上對方清澈的碧綠眸子，青年卻不由得感到心悸，彷彿那雙眸子有著奇異的吸引力，竟是讓他不自覺移開了視線，不敢繼續與對方對視下去。

傑羅德的動作讓精靈愣了愣，隨即卻是毫不掩飾地露出好奇的神情，光明正大地打量起眼前那年紀不大、卻顯得很穩重的人類青年。

「你是什麼人？為什麼闖進我們的營地？」趕至菲利克斯六世身旁的肯尼士，手握長劍全神警戒，雙眼卻不由自主閃過一絲驚艷的光芒。即使身為劍痴的他，也不禁為眼前精靈的清雅美麗而驚歎。

「抱歉驚擾到大家，我的名字是卡洛，與族人在追捕血族時失散了。」

精靈少年的話立即引來眾人赤裸裸的質疑，他們的眼神分明在說：「就憑你的運動神經，你確定你是在追捕血族，而不是血族在追殺你？」

簡單交代一聲自己的身分後，精靈也不管眾人懷疑的目光，一改臉上友善微笑的他，轉而朝著森林氣鼓鼓地按住額頭上的紅印，道：「小伊好過分！痛死了！」

隨著精靈的抱怨聲，一陣清新的大自然氣息從卡洛身上傳來，那個在雪白肌膚上的刺眼紅印立即消散無蹤。

「統帥，狀況不對！」在傑羅德再次慨嘆著精靈魔法的神奇時，魔法部隊的首領卻發言道：「剛才我已感到疑惑，現在看到這少年使出的魔法我就更加肯定自己的猜測。精靈所擅長的是自然魔法，然而阻擋箭矢的卻是闇元素所形成的闇幕。」

難怪被定住的箭矢會忽然攻擊卡洛，也難怪卡洛會這麼生氣地抱怨，只因操控箭矢的另有其人！

在眾人的注視下，叢林再度傳來一陣震動，隨即一名俊美得不像凡人的孩子出現在眾人視線裡。

「小孩子!?」饒是在場的將領全都是見慣風浪的人類精英，在看到出場人物竟是個孩子——而且是個人類孩子時，還是一個個驚訝得把下巴掉在了地上。

只見這有著金紅鬈髮及深藍眸子的俊美男孩懶洋洋地勾起了嘴角，其優雅慵懶的樣子讓人聯想起性格反覆無常、美麗高貴的波斯貓。

「活該！誰教你亂跑，還那麼懶！」

面對孩子的指控，眾人一頭霧水，卡洛則是委屈得很。「那是茉莉亂跑，這又不是我能控制的。而且箭矢射來時你都把闇幕張開了，我出不出手也沒關係吧？」

聽到「茉莉」兩字的時候，精靈身旁的白馬立即動了動耳朵，顯然是這頭母馬的名字。

眾人不禁倒抽口氣。想不到阻止箭矢的人還真的是眼前的孩子，這讓軍隊中的魔法師滿臉通紅，深覺自己這數十年真的白活了。

若出手的是精靈族反倒還讓人容易接受，偏偏眼前的孩子卻與他們同是人類，且還只是個看起來頂多只有十二、三歲的孩子，這打擊對這些自我感覺良好的尊貴魔法師來說未免太大了點。

「控制不了茉莉，是因爲你一直不肯下苦功好好學習騎術。而且自始至終你全然都沒有防衛的意思，根本就是打定主意要我代勞，這不是懶是什麼？」

卡洛臉上一紅，瞬間襯托得一張清秀美麗的臉更爲嬌美。即使明知道對方是男的，眾士兵還是不禁產生出驚艷的感覺。

「對不起嘛……可是你也不應該用箭矢來打我。」

男孩從馬背上縱身跳下，俐落的動作再度令將領們眼前一亮。

「嗯？你有意見嗎？要不要我再來一次？」

迎上男孩充滿戲謔的目光，自稱卡洛的精靈慌慌張張地拚命搖頭。

眾人無奈地看著這個被男孩治得死死的精靈，一時間還真拿不準兩人到底是什麼關係。

看他們的互動，倒給人一種彼此是「親人」的感覺，就像是母親與孩子般——雖然雙方的角色有點對調，小男孩是「母親」，而被教訓的「孩子」則是那名叫卡洛的精靈少年……

傑羅德可說是天生的領袖人材，加上這幾年戰爭的磨練，在注意力被突然闖進視線中的客人所吸引的同時，青年的大腦仍舊本能地運轉著所有從對話中獲得的情報。只見他神色逐漸凝重起來。

「血族已經闖入森林中了？精靈族的戰場不是遠在南方嗎？怎會跑過來了？」

對於卡洛的話，傑羅德仍只是半信半疑，畢竟各種族所負責的魔族是事先說好的，戰場也經過謹慎挑選。現在忽然有個看起來迷糊得很、完全不耐打的精靈闖進營區，言之鑿鑿地說是追殺血族而來，實在令人不得不質疑他話裡的可信度。

可是看著卡洛那雙猶如幼鹿般純淨清澈的雙眼，傑羅德卻又覺得對方不像說謊，這才沒有下令把人轟出去。

正所謂一物治一物，精靈族的天賦能力是血族的剋星，可作爲血族最喜愛食糧的人類，卻屢屢在對方隱藏的本領與速度優勢上吃虧。萬一血族眞的進駐了森林，他們這些武藝高強的將領還好，尋常士兵卻絕對不是血族的對手。尤其士兵的人數數以萬計，即使將領們有心保護，也只會面對分身乏術的困局。以血族的速度，若想對付人類軍隊，絕對會是狼入羊群般輕易。

看出眼前人類對血族的出現深感懷疑，卡洛焦急地解釋：「是眞的！我沒說謊。不知爲何，從戰爭開始他們便一直朝北方逃竄，彷彿這裡有什麼能庇護他們的東西，即使把大量低階血族留在後方阻擋我們也在所不惜地往北方前進。」

「是狼人……」

「嗯？」傑羅德回首，目光炯炯地看著發言的將領。

這名將領看起來也有五十多歲了，以軍人來說已算年紀比較大的一群。然而對方一雙眼瞳卻如鷹般銳利，絲毫沒有尋常老年人的混濁，滿臉的鬍子更使他看起來威風凜凜。

接觸到傑羅德帶有詢問意味的視線，這名將領不敢怠慢，立即恭敬解釋：「小時候我很喜歡聽那些路過城鎮的傭兵們說他們的冒險故事。曾經有個退休的老傭兵告訴我們狼人過去是血族的附屬，直至前者的勢力壯大後，這才從血族中脫離出來。然而千年累積下來的奴性，讓狼人依舊把血族視爲主子。當年我也就把這典故當故事聽聽，現在看來，那老傭兵的話並不是隨便說說的啊……」

聞言，眾人神色不由得凝重了起來。各種族選擇利於己方攻破的魔族迎戰的戰略完全是建基於魔族之間關係並不融洽之上，佔著數量優勢的人類，作爲這場戰爭中狼人的追擊者，對付狼人也只略勝一籌而已，若血族眞與狼人聯手，這對人類大軍來說絕對是個致命的打擊。

別說實力，士氣便已是無法忽視的危機。人類是血族最喜歡的「糧食」，一般父母甚至會恐嚇孩子說「壞孩子的血特別甜。不聽話，小心血族把你抓走！」，可想而知，血族在人類心裡留下多深的陰影。

傑羅德自然知道士氣這種看不見摸不著的東西對軍隊來說有多重要，對敵前便先怯場，這可是軍中大忌啊！

就在菲利克斯六世思考著對策的同時，自稱卡洛的精靈則是好奇地打量著這名年輕的人類領導者。誰也不知道這名有點迷糊的精靈少年正是精靈王卡洛琳，也不知道因爲她的失蹤，已搞得整個精靈族雞飛狗跳，就連追殺血族也顧不得了，全族的力量都放在搜尋走散的精靈王以及那個人類小屁孩上。

偏偏這座森林已被人類大軍佔據，謹愼的傑羅德更在進入森林時便下令魔法部隊設下多道干擾結界。這些結界雖然沒有攻擊性，卻能有效干擾敵方的魔法通訊。不過，卻害得精靈們與植物溝通的卓越能力徹底失靈，爲數不多的他們只能很懲悶地親自進行地毯式搜索。

這一次長老們連想哭的心情都有了。竟然在形勢大好的時候把精靈王弄丟，要是卡洛琳陛下發生什麼事的話，他們實在一死也不足以謝罪啊！

還好他們事先說服陛下以男性「卡洛」的身分行動，至少能降低他人因垂涎她的美色而向她出手的機率。想到自己的先見之明，長老們鐵青的臉色這才好看了一些。

「長老，我們在勘察西面時感應到一閃而逝的闇元素，也許是伊里亞德。」

一名揹著弓箭的年輕精靈從樹木枝椏間輕巧躍下，報告的內容令長老們精神一振。

「那個小傢伙想必與王在一起，傳令下去，立即聚集族人趕至西方搜索！」

所有的精力都全神貫注在尋找精靈王這件事上，放棄搜捕血族的精靈們卻沒有發現在他們踩著精靈特有的輕巧步伐朝西方掠去時，數名黑衣男子拍動著翅膀從高高的大樹上落下，英俊卻蒼白的臉龐露出嗜血的獰笑，一雙雙因笑容而露出的尖銳獠牙說明了他們的種族。

「想不到前來視察精靈的動靜，竟會聽到如此不得了的消息。」

「難怪這些該死的精靈會在形勢大好之際退兵，原來是把精靈王搞丟了。怎麼辦？要向伯爵大人報告嗎？」

「那傢伙被精靈王重創，現在只剩一口氣。以前我還會顧忌他，現在？哼！獲得這個消息是我們運氣好，他憑什麼搶大家的功勞？」

「可是我們也打不過那年輕的精靈王啊！對方雖不諳世事卻實力強悍，再加上剛剛那些精靈說的，那個可怕的闇法師好像已經與精靈王會合了。」

「見機行事吧！我嗅到西方有人類的味道。精靈王個性單純，我們找幾個人類在他眼前折磨一番，沒準就能讓他束手就擒！對於屠殺那些牲口我經驗豐富。」

「嗯……你說的也不無道理，要是能騙精靈王簽上血契，那勝利就是屬於我們血族的了。說起來，他長得眞是清麗，要是有精靈王當血奴……眞是想想就覺得興奮。」

「看你的表情，該不會在想什麼齷齪事吧？那精靈王美則美，可卻是個男的啊！」

「那不是更有趣嗎？」

「呵呵！說得也有理，到時候算上我一份吧！」

說著益發變得不堪入耳的話語，幾名血族化身成嬌小蝙蝠，高速朝西方掠去。

憑著對血液的敏銳感應，這幾名血族很快便越過了因魔法結界而失去探索優勢的精靈們，成功潛伏到人類大軍的四周。

看著黑壓壓的軍隊，其中一名血族略帶緊張地吞了吞口水。「難怪血腥味那麼濃烈，原來來自於軍隊中的傷兵！」

面對千軍萬馬，這幾名雄赳赳的血族怯了。「怎麼辦？我們還要繼續嗎？」

「嘖！牲口再多還是牲口，怎能因爲他們而放棄難得的大好機會？人類反應遲緩，只要我們小心一點不被包圍，要全身而退還不容易嗎？」

「看！精靈王果然在這兒，而且還與一個人類混在一起！」其中一名血族那鮮紅的眸子亮了起來，指著遠方的兩道人影驚喜地低呼了聲。

「還眞是天助我也，這兩人的位置與軍隊有一段距離，看精靈王與那名人類言談甚歡一副親密的模樣，只要我們抓住這個人類並把條件稍加修飾，他應該會爲了救對方而簽下血契吧？」

事成以後，他們在獲得絕色血奴的同時還能掌控整個精靈族，在血族中的地位自然也是水漲船高了。想到這裡，他們發現自己一秒也不願等待下去。「走吧！」

幾道黑色身影向著遠處的兩人高速掠去！

傑羅德看著眼前滿臉無聊踏著小石子的卡洛，不禁為對方孩子氣的舉動莞爾不已。雖然眼前的精靈看起來不比他年輕多少，可是卻仍舊保持著純眞。也許只有精靈族那種與世無爭的生活才能培育出如此純潔的心靈吧？只是精靈族還眞忍心，竟然捨得把這孩子送上戰場。

眼前的男裝儷人雖身穿軟甲，可透過剛剛的肢體接觸，卻仍感覺到該大的大、該小的小，想到先前接著摔下馬背的精靈時，手掌無意間感到的柔軟觸感……

青年用力甩甩頭，狠狠把綺麗的念頭從腦海裡甩出去。

卡洛琳好奇地看著青年奇怪的舉動，轉生成精靈後，她還是首次接觸到普通的人類。在長老們的教導下，少女早就把一般人類想像成粗野、貪婪、長相醜陋的未開化生物；然而眞正與他們接觸後，卡洛琳卻覺得人類這個族群也不錯啊！

光是眼前這個人類的長相就不比精靈們差，甚至比大部分精靈長得還要好看。雖然不及精靈清靈優雅，可卻擁有他們所沒有的活力與陽剛。

看那些人類將領全都對眼前的青年發自內心地恭敬愛戴，這男人在人類中的地位大概與她差不多，是相等於一族之王的角色吧？只是對方明顯比她混得好多了，至少下屬看他的時候是敬畏與崇拜，而不是看孩子般的寵溺喜愛……

各懷心思的兩人偷偷打量著對方，卻沒想到目光竟在半空對上了。一人正在回味著先前的綺麗意外，而另一人則在偷偷評價對方的相貌能力，各懷心思的兩人目光一接觸，便立即心虛地移開，在稍遠位置興致勃勃觀察著罕見精靈的艾倫看得直眨眼。

少年還是第一次看到這位溫和穩重的統領大人如此失態，而且看兩人這種含羞帶怯的反應，根本就像對情竇初開的小情侶！

可是不會吧！這精靈是公……呃……他是雄性……不對！他可是男的啊!!

艾倫完全陷入了混亂狀態。

沒有心思去管遠處嚇得僵住了的艾倫，卡洛琳只覺自己的心臟怦怦怦地跳個不停。除了因爲突如其來的驚嚇外，還有一絲陌生、夾雜著喜悅與羞澀的情緒，這新奇的感覺讓少女驚奇無比。

回想起剛才對上視線的紫藍眸子，卡洛琳心想著那雙眼瞳眞美啊！高貴的紫藍色調就像美麗的寶石般熠熠生輝，在陽光下好看極了！

看到精靈少年盯著自家統領那含情脈脈的眼神，再也忍受不了這詭異狀況的艾倫正要說些什麼，心頭卻忽然閃過一個不祥的預感。同時間，少年全身神經緊綳起來，令人毛骨悚然的死亡感覺席捲而來！

在戰爭上多次面臨生死關頭，艾倫早已從殺戮中磨練出一種對危險特有的敏銳直覺。心頭警兆一生，他立即毫不猶豫地翻身滾至一旁，同時間，他原本的位置已站立著一名臉色蒼白的血族。

ch.9 聯手

其中一名血族收回撲空的手，愕然地看了看有點狼狽、卻毫髮無傷從草地上站起的人類少年，顯然很驚訝對方竟能避開他蓄謀已久的偷襲。

「本來打算先把無關緊要的人解決掉，想不到這小子躲得滿快的嘛！」

在艾倫受到攻擊的瞬間，另外三名血族也同時現身，他們自知精靈族的速度與他們不相伯仲，因此沒有多費心神攻擊卡洛琳，而是選擇三人聯手包圍著傑羅德。

傑羅德一雙溫暖的紫藍眸子頓時變得冷冽，然而看到包圍著他的血族暫時沒有動作，青年微一思量便把突圍的想法打消，看起來就像隻被狼群圍捕、完全沒有反抗之力的綿羊。

這些血族也沒有將他放在心上，在他們的心目中，人類就只是爲他們提供血液的牲口而已，又有誰會去警戒這種猶如雞鴨牛羊般的存在？

雖然艾倫的閃避讓他們有點意外，然而這幾名將人類與糧食畫上等號的血族並沒有在意，把全副心神都放在眼前的年輕精靈身上。

自從戰爭爆發以來，精靈王一直被族人保護在後方，唯一一次出手便是使出驚天動地的魔法，把自稱伯爵的血族之王轟得半死不活。這讓血族驚懼不已，精靈王的恐怖也在他們那脆弱的心靈上留下可怕的陰影。

這些人卻不知道眼前這位從神祇轉生、不能以常理測度的精靈王在魔法方面的天賦是很強悍沒錯，然而一身運動神經卻實在不怎麼樣。要是他們一開始便全力偷襲卡洛琳，說不定早就把人活捉了，哪還用挾持人質來讓她就範那麼迂迴曲折？

若這些滿臉得意洋洋的血族得知事情眞相，必定悔恨得一個個口吐鮮血了吧？

血族的容貌大都長得俊美妖異，眼前四人也不例外，除了臉色蒼白得過分這點外，單論長相與人類沒有太大區別。然而他們那雙修長並長有尖長指甲的手，以及張口時不時露出的獠牙卻說明了他們的魔族身分。

「血族？」看到傑羅德瞬間被包圍，卡洛琳又是生氣、又是擔憂。

遠處偷襲艾倫的那名血族裝模作樣、一臉紳士地向少女行了一禮。「很高興我們這麼快便再次見面了，精靈王。」說罷，他便不再理會一旁的艾倫，加入了圍困傑羅德的行列。

艾倫與傑羅德驚訝地看著神色凝重的卡洛琳，怎樣也無法相信這個有點迷糊、功夫又爛的年輕精靈竟然是尊貴的一族之王。

卡洛琳小聲嘀咕：「我才不想看到你。」

雖然少女說得小聲，可是在場的人皆是五感敏銳之輩，自然是把她的喃喃自語盡數收進耳中。

兩個人類在聽到精靈王那孩子氣的抱怨時不禁失笑，心想這個精靈還真好玩，只要有他在，無論多嚴肅的場面，也會令人不由自主地放鬆下來。

艾倫不禁想起剛才傑羅德與卡洛琳那曖昧的一幕，大概正是精靈王這種特質吸引了青年的視線吧？畢竟傑羅德年紀輕輕便得支撐起一個國家，現在甚至還肩負人類的命運，精靈王天真純潔的性情對他來說無疑有著致命的吸引力。就連自己也很喜歡這個美麗的小迷糊，更何況是傑羅德？

可是、可是這兩人都是男的啊！雖然以個人角度來說，艾倫打從心底祝福他們幸福，但一想到將領們得知統帥大人性向時的表情……艾倫頓時覺得自己一個頭有兩個大了。

傑羅德冷眼打量著包圍自己的四名血族，並暗暗衡量雙方實力。當年這名國君年紀輕輕便繼承王位，敵國欺他年幼，甚至某些帝國轄下的藩屬國也紛紛宣布獨立。爲了悍衛帝國榮耀，他一次次御駕親征，可說是在屍體堆中掙扎著爬出來也不爲過。相較於人類，血族雖有著先天優勢，但對傑羅德來說這四人還不夠他殺，更何況旁邊還有個實力不弱於他的艾倫做戰友。

之所以不動手，是因爲這些血族對他只圍不殺，事出反常必有怪，他可不認爲血族是心慈手軟的族群；加上剛從他們口中得知眼前這女扮男裝的少女竟是精靈王這驚人的消息，傑羅德可是期待著對方還會帶給他多少意外驚喜呢！

裝作沒聽到精靈王的嘀咕，爲首的血族依舊保持著裝模作樣的有禮優雅，令人難以聯想到他們把人類吸食成乾屍時那猙獰的樣子。「這位是陛下您的朋友吧？其實我們這次前來只是想請您幫我們一個小忙，事成後自會釋放您的朋友。」

卡洛琳氣呼呼地罵了聲：「卑鄙！」可是目光在看到被血族所挾持的傑羅德時，少女也只能無可奈何地把怒氣壓下，回道：「說吧！什麼事？」

血族微微一笑，那親暱的口吻讓不知情的人聽到，絕對會誤以爲他與卡洛琳是感情很好的知己好友。「精靈族的追擊已令我方元氣大傷，再也無法與你們抗衡。現在我們對大陸已失去了侵略心，只想回到深淵之地過安穩的日子。」

卡洛琳皺起眉，道：「你想要我下令族人們放行？」

血族男子向對方深深鞠躬，語氣極爲誠懇。「是的！我們願意與精靈王立下血契，只求族人們能安全退回深淵之地。」

「血契？」

「這是我們血族最崇高的契約。以鮮血爲契，雙方絕對無法違背契約的內容。契約我們早已準備好，請陛下過目。」說罷，男子遞上一張捲起的羊皮紙。

卡洛琳將契約條款仔細看過一遍，條約不多，主要是精靈族承諾保障血族能全身而退返回深淵之地，而血族則是保證永不重返大陸。

無論左看右看這都是雙贏的條約，要是能夠兵不血刃便結束戰爭，善良的卡洛琳絕對樂見其成。

然而卡洛琳很單純沒錯，卻不代表著她愚昧無知。相反地，被生命之樹挑選爲精靈王的她很聰明，只因不諳世事且略微遲鈍的反射神經使她看起來顯得迷糊。

即使羊皮紙上的內容寫得再天花亂墜，只要是血族提出的條件，就讓卡洛琳不得不謹慎以待。畢竟她可不知道何時以殘忍嗜血著稱的血族變得這麼好說話啊！

看到精靈王明顯心動卻再三猶豫的模樣，四名血族對望一眼後，決定再出點力來逼迫對方下決定。「要是精靈王不願意放過我們，那就別怪我們心狠手辣了！既然要死，我們不介意拉個墊背的！」說罷，四人更是示威似地迸發出凜冽的殺氣，緩緩逼近被包圍在正中的傑羅德，一副只要卡洛琳拒絕便要立即發動攻擊之勢。

看到這些血族竟囂張至此，艾倫忍不住便想出手，然而傑羅德卻偷偷向少年眨眨眼，隨即裝出一副生氣害怕、卻又拿那些血族無可奈何的表情。艾倫見狀嘴角一抽，因動怒而緊握的拳頭緩緩放鬆下來。

要是這些血族得知艾倫憤怒的原因必定大叫冤枉。他們自始至終都以爲包圍著的年輕人只是名普通士兵，又怎會猜得到傑羅德的眞正身分？要是知道他們挾持著的是以驍勇善戰聞名的菲利克斯六世，還管威嚇什麼精靈王？第一時間便是轉身逃走了吧？

「等等！」看到血族作勢攻擊，卡洛琳不禁慌了。從相遇起，她對這年輕的人類統帥便有著莫名的好感。想起對方略帶慌亂地把落馬的自己接在懷裡時所感到的溫暖、想起青年向部屬下令時那副威嚴英偉的樣子、想起那雙美麗無比的紫藍色眼眸，她便不由得感到一陣心跳加速，心底深處傳來莫名的悸動。

純眞的精靈王並不知道這種對她來說新奇無比的感覺代表什麼，可是有一點是肯定的，就是她絕不允許傑羅德在她眼前受到傷害！

相較卡洛琳的緊張，被血族作爲威脅精靈王籌碼的傑羅德卻仍是一臉處變不驚的淡定表情。雖然血族所提出的條約看似公允，可是身爲菲利克斯一國之主的他自小便在王室教育下熟讀各族祕史，殘殺眾多人類的血族更曾是他致力研究的課題，對於這張所謂的契約書上的蹊蹺，傑羅德心裡清楚得很。

血契根本就沒有所謂的契約條款，說白了就只是一種血族收納血奴的儀式。這個看似公平的契約一開始就只是廢紙一張，只要獲得精靈王的血液與認同後，血契便會隨之成立，並將對方變成對血族唯命是從的血奴。

傑羅德本想出言戳破對方的詭計，然而看到卡洛琳猶豫不決的神情時，青年忽然很想知道這位女扮男裝的精靈王會不會爲他冒險訂下這個不確定眞假的契約。

也許單純的卡洛琳不明白面對青年時所產生的悸動代表什麼，可是傑羅德又怎會不明瞭這種心動所代表的意義？

傑羅德在心裡立下誓言，若卡洛最終選擇了他，那麼他此生必定永不負她！

看到血族那尖長的黑色指甲作勢割向傑羅德的脖子，卡洛琳心中大急，頓時什麼也顧不得了，一心只想讓青年能夠脫離危險。「住手！我答應你們！」說罷，便要拿過血契把鮮血滴下。

聽到精靈王上勾，四名血族頓時大喜。在想放聲大笑卻又要按捺著這份衝動的時候，一陣囂張至極、卻又充滿著感動與喜悅的大笑聲卻從包圍圈裡傳來。

「噗！哈哈哈哈！」

看著眼前這大笑不止的人類青年一改先前那副害怕的模樣，四名血族面面相覷，心想這小子該不會是嚇傻了吧？

就在血族怔愣之際，被包圍在正中的傑羅德忽然發難。血族想不到這名一直看似無害的青年竟會忽然突擊且動作如此迅速。突如其來的狀況讓他們一時間反應不過來，讓對方輕而易舉地突圍了。

同樣目瞪口呆的卡洛琳還來不及為傑羅德的脫險驚喜，下一秒卻已落入一個溫暖的懷抱裡。

看著懷裡精靈那驚訝又害羞的神情，傑羅德心頭一熱，眾目睽睽下，便朝少女那張柔軟的唇狠狠吻下去！

卡洛琳震驚地睜大一雙碧綠眸子，最初反射性的掙扎卻在青年的熱情攻勢下立時變得微弱，最後雙手甚至忘情地攀上青年的後頸。

「嘶！」倒抽了一口氣，五名旁觀者震驚地瞪著眼前當眾親熱的兩人，眼珠都瞪得快要掉出來了。

相較於血族的驚訝，艾倫在震驚的同時也帶著一絲「果然如此」的感慨。他早就覺得傑羅德對那位精靈王懷有異樣的情愫，只是實在想不到種族不同、性別相同的兩人竟開放至此，當著敵人的面前表演親熱的戲碼！

所以說，有心理準備與沒有心理準備就是不同，在血族們因這突如其來的驚嚇而全數石化之際，對兩人關係早有心理準備的艾倫卻馬上將心情調適過來。

面對著彷若石像的四名血族，身爲沙場名將的艾倫當然不會放過這反攻的大好機會，隨手甩出個以閃光魔法製成的信號彈，少年舉劍便往呆掉的血族們殺去。

伴隨著「砰」地一聲，在光明魔法的照耀下，黃昏的天空頓時映得如同白晝。強烈的光芒不只驚醒了陷入痴呆狀態的血族，同時也讓卡洛琳從意亂情迷中清醒過來，慌慌張張地將傑羅德推開。

經過卡洛琳剛才熱情的回應，傑羅德自然確認了少女對他果然存有好感。看著對方羞得嫣紅的嬌顏，傑羅德在精靈王耳畔小聲說道：「美麗的精靈小姐，請允許我的愛與追求。」

卡洛琳掩嘴驚呼：「咦！你怎會知道？」

青年自然不會告訴卡洛琳原因，只裝模作樣地神祕一笑，並轉身拔劍與攻向血族的艾倫會合。

單單一個艾倫便足以令四名血族手忙腳亂，現在再加入一個傑羅德，勝利的天秤立即大大地傾斜至人類這邊。

一直看不起人類的血族們不禁相顧駭然，眼前兩名年輕人實在太強了！即使血族有著人數及天賦速度的優勢卻仍是節節敗退，竟討不到絲毫便宜！

面對傑羅德益發凌厲的攻擊，再回想對方被他們包圍時那副裝出來的害怕樣，四名血族幾乎憋悶得吐血了！

明明就能以一擋四，還裝什麼受害者？扮豬吃老虎也不是這麼裝吧！

很快地，伴隨著淒厲的慘叫，一名血族便殞落於艾倫的劍下。剩下三名血族相顧駭然，失去一名同伴的他們攻擊力大減，敏銳的聽覺更隱約聽到受信號彈吸引而來的士兵的腳步聲。一旦被軍隊圍攻，即使他們憑著血族的優勢也絕對插翅難飛！

這三人倒也硬氣，知道這次必死無疑後，便毅然分散開撲向在場的三名敵人，拚著性命也要拉個墊背的！

「砰！砰！」兩聲巨響，近距離撲向艾倫與傑羅德的兩名血族率先催動祕術將身體化成血水並猛地爆開，每一滴飛射出來的血珠都充滿著驚人的破壞力。

面對血族的拚死一擊，兩人也顧不得其他，皆用平生最快的速度後退，並把手中長劍舞動得密不透風。即使如此，兩人身上仍留下不少傷痕，手裡的寶劍更被飛濺的血液腐蝕得滿是坑洞，顯示出血族付出生命的攻擊到底有多凌厲！

「卡洛！」顧不得身上的傷勢，傑羅德握著幾近報廢的長劍往精靈王的位置奔去。在閃避攻擊的瞬間，他看得很清楚，最後一名血族撲去的位置正是精靈王的所在！

正因如此，急著想上前阻止的傑羅德才會留下滿身傷痕。不然武藝遠比艾倫出眾的菲利克斯六世又怎會傷得比少年更重？

然而傑羅德只衝前了兩步，便全身僵硬地呆立在原地。

就在最後一名血族往卡洛琳撲去之際，少女一臉迷糊地眨眨眸子，隨即一棵足有六、七公尺高的鮮艷花朵破土而出，接著用那張長滿利齒的嘴巴一口將敵人咬住，只露出血族男子掙扎不已的雙腳。

隨即那五片猶如嘴唇般的厚重花瓣快速收攏，瞬間便把那名倒楣的血族吞進肚子裡。之後，食人花便以肉眼可見的速度縮小，立時消失在卡洛琳腳邊的泥土裡。

整個過程前後不到十秒，可這滴血不露、毫不血腥的攻擊方法卻讓傑羅德等人心裡一寒。那可是魔族啊！一個活生生的魔族就這樣瞬間消失在世間、不留下絲毫痕跡，彷佛從未在世上存在過一樣。要是這名血族知道自己會死得如此窩囊，只怕自個兒自爆便算了，絕不會想要拉卡洛琳來墊背。

看著朝自己淡淡一笑的美麗少女，傑羅德只覺被雷得外焦內脆。什麼叫作深藏不露？這就是了！青年本認爲身爲王者的自己已很低調，然而與眼前的精靈王相比，傑羅德覺得自己那所謂的低調實在是不同個層次啊……

「所以那時候我就說她在偷懶！我們的精靈王武藝上的確不怎麼樣，可是魔法的天賦嘛，就連大長老也是讚不絕口的。」

「小伊！」卡洛琳高興地朝突然現身的孩子跑去。

傑羅德瞇起一雙紫藍眸子，凝重的神情除了因爲他竟然完全察覺不到對方的出現外，還有就是青年從這名俊美得異常的孩子眼中，看到一閃而逝的寵溺與喜愛，那是只有成年男性才會擁有的眼神！

然而驚訝過後，青年卻又搖首失笑，心想大概是自己太敏感吧？這男孩還小，又怎會露出這種眼神？大概是自己看錯了。

暫時離開的伊里亞德成功領來失散的精靈族人，同時看到信號彈的人類大軍也趕到了。雙方看著滿地的鮮血及躺臥在地上的血族屍體，也大約猜到剛剛發生了什麼事。

眾將領惶恐地上前向傑羅德行禮請罪，卻被青年笑著制止：「那是因爲我們發放信號彈的時機太晚，並不是各位的錯。」傑羅德這番話倒不是單純出於安慰。從他們反擊到把四名血族擊殺只是電光石火間的事，艾倫放出信號彈的初衷也不是想讓軍隊前來救駕，只是礙於血族的速度想防範敵人逃走罷了。

這一邊人類大軍因爲血族及精靈的出現而驚訝，另一邊的精靈們也因眼前的景象而驚訝。

這名人類王者看起來只有二十多歲，在精靈眼中如同嬰兒。偏偏對方卻絲毫沒有年輕人常有的張狂與傲氣，取而代之的，卻是不符合年紀的平和穩重。

最令他們驚歎的是傑羅德在人類中的威望。在場的將領們全是人族的精英、高手中的高手，即使是精靈族的長老面對他們也不由得愼重以待，然而這個年輕人卻讓此等強者心悅誠服地臣服於他，那種從骨子裡透出來的王者風範更讓人心折。

察覺到精靈們的視線，傑羅德微笑著向眾人有禮地點了點頭。面對人族的統帥，眾精靈自然不敢怠慢，連忙回以一禮。

「謝謝統帥大人替我們照顧陛下。」大長老感激地彎腰一揖。當看到地上那些血族自爆時所殘留下來的恐怖血跡，即使淡定如大長老也不禁感到一陣後怕。

「各位言重了。以精靈王一身卓越的魔力，區區四名高階血族還不能對她造成任何傷害。」傑羅德毫不居功、不卑不亢的態度讓精靈們更添好感。

卡洛琳忐忑不安地上前。「抱歉，讓大家擔心了。」

雖然與傑羅德相比，卡洛琳缺少了王者的決斷與霸氣，可是精靈們還是非常喜愛這位充滿靈氣、卻又有點迷糊天真的精靈王，打從心底為了她的安全而欣喜。

看到卡洛琳內疚的眼神，長老們不由得心軟起來，滿肚子的責罵頓時化為烏有，反而安慰著少女：「陛下不必如此，往後小心點便是。現在首要做的是盡快追擊逃亡的血族，絕不能給他們喘息的機會！」

長老話裡的意思很明顯，就是快點與人類大軍分離，繼續乘勝追擊。

卡洛琳聞言大急：「血族與狼人說不定已會合了，如此一來，無論是對我們精靈族還是人族來說都是很危險的事。」

這番話表面上是擔憂狼人與血族聯手後實力大增，實則卻是暗示族人應與人類聯手抗敵才不至於吃虧。偏偏卡洛琳心裡又藏不住話，那看著傑羅德滿臉不捨的神情讓誰也能看出當中的意思。就只差沒有明明白白地說：「我們聯手吧！我們聯手嘛！」

只怕這位精靈王是醉翁之意不在酒啊……

人類方面並不覺得有什麼異常，只認為孩子氣的精靈王對他們的統帥有著類似兄長般的依戀。何況將領們對於與精靈族聯手也是樂見其成的，畢竟對於人類來說，血族終究過於棘手了點。

精靈族的想法就沒有人類那般單純了，看精靈王的眼神根本就是個戀愛中的小女生！不過傑羅德給他們的印象還算不錯，而且對方那人族統帥的身分與精靈王也算是門當戶對。何況卡洛琳又是全族最疼愛的寶貝，誰也不希望少女傷心難過。因此精靈族這邊驚訝過後，倒沒有人出言反對，只是紛紛向傑羅德投以意味深長的曖昧眼神。

唯獨艾倫的神情變得不自然起來。看到人類將領們那欣然接受同盟的表情時，少年不知道該哭還是該笑了。心想，要是讓你們知道統帥大人與精靈王的關係，看你們還能不能答允得那麼爽快！

ch.10 內訌

血族與狼人的會合迫使人類與精靈聯手抗敵，得知這個消息時，被精靈王重創的血族之王都鬱悶得想哭了。

要是早知道他們的舉動會把人類大軍也招惹過來，打死他也不會找狼人聯手啊！光是一個精靈族已搞得他們焦頭爛額，現在再加上將狼人吃得死死的人類，那不是自找罪受嗎？

在衡量過這場戰爭的得失與風險後，血族與狼人便在眾多驚訝的視線下，自行選擇退回深淵之地。

這輝煌的戰果無論對於魔族還是大陸聯盟都是震撼的。雖然狼人與血族在魔族裡只算中上層的勢力，然而短短半年時間便能迫使對手不戰而降還是太驚人了！

有了這個輝煌的戰績作典範，本來各自爲政的大陸聯盟也開始在頗有餘裕的情況下嘗試給予盟友協助，隨後某些種族更乾脆效法人類與精靈族聯手抗敵。同仇敵愾的情況下是最容易生出情誼的，如此一來，聯盟各方種族竟因這個契機逐漸凝聚起來，這實在是當初提議聯手的卡洛琳也始料未及的事。

一時間，人類與精靈大軍成了聯盟成員心目中的偶像，加上最先擊敗目標物的他們，在傑羅德的帶領下開始打起游擊戰來，今天燒掉魅魔的大本營、明天伏擊瑪亞巨獸的後勤部隊，搞得魔族一片雞飛狗跳，直把他們恨至骨子裡。

精靈與人族的傑出表現，最終惹出兩名唯一受魔族各族群承認、被尊稱為「軍團長」的最強魔族——焰魔花火及水妖珍珠的突襲。

這也是讓事情開始失控的開端。

即使因為身處於戰爭，卡洛琳時刻與混亂及血腥為伴，可是少女卻非常慶幸自己當初捨棄神籍、轉生為精靈入世的決定。初嚐戀愛滋味的卡洛琳全心投入這份突如其來的愛情，以致當她那名被世人尊稱為「暗黑之神」的兄弟耐不住寂寞來找她時，少女才驚覺自己在這段時間裡竟把心愛的兄弟冷落了、久久沒有聯絡對方。

想到素來怯懦的小黑影竟鼓起勇氣離開安全的暗黑神殿、親自前來找她時，卡洛琳在感動之餘不由得感到一陣羞愧。

經過多年信仰之力的滋潤，小黑影已不如當初那副若隱若現、幾乎快要消失的模樣。此刻的祂雖然仍只能維持著小孩子的外型，可是已能凝聚成幾乎與實體無異的外貌，和過去不可同日而語。卡洛琳相信只要有充足的時間，她的兄弟必定能成為獨當一面的強大神祇。

對於早已認定爲生命中另一半戀人的傑羅德，少女自然不會對他有任何隱瞞。小黑影難得到來，她立即興沖沖地將愛人介紹給自家兄弟認識。

傑羅德得知眞相後的態度也沒有讓少女失望。小黑影的身分並沒有令青年疏遠他們，卡洛琳看出傑羅德是眞的把小黑影當作弟弟來看待，甚至青年還表示，若妮娜他們願意，他會嘗試說服大臣替暗黑神教在菲利克斯帝國中爭取生存的一席之地，讓他們不用繼續流離失所。

然而，卡洛琳在喜悅之餘卻忽略了一點，她與黑影是分別繼承了光與暗的神祇。小黑影滿身的黑暗氣息對於仍舊殘留著光明能量的卡洛琳來說沒有太大影響，也無法對擁有闇系體質的伊里亞德與妮娜造成傷害，但對身爲普通人的傑羅德來說卻是太沉重了。

短暫的接觸，便讓傑羅德在往後的數天裡惡運連連，平時還好，然而在戰爭中卻足以致命。

接二連三的惡運持續到傑羅德莫名其妙地重傷在一隻低階的魔獸爪下爲止，青年在生死間掙扎了三天三夜才脫離險境。那三天，卡洛琳一直寸步不離地守候在傑羅德身邊，少女憔悴的模樣，簡直就像換了一個人似地。

感受到背後突然出現的純粹黑暗氣息，守候在青年身邊的卡洛琳驚呼：「不要！你別進來！」

小黑影猛然僵住。良久後，少女腦海裡響起了略帶苦澀的孩子嗓音：「我只是……想看看他的狀況，並且說聲對不起。」

卡洛琳勉強向黑影露出了笑容，三天的折磨令精神緊繃至極限的她變得像個驚惶的小女孩，生怕小黑影的接近會讓她失去了心愛的人。「這不是你的錯，道歉的話我會替你轉述給傑羅德的。只是、只是……你以後不要再接近他了。」

要是小黑影擁有五官，此刻祂的表情必定是難過不已的吧？看著逃跑般轉身離開的小黑影，卡洛琳張了張嘴，最終仍沒有把挽留的話說出口。

她知道這麼說會傷了兄弟的心，可是這一次是傑羅德運氣好能撐過去，那下一次呢？雙方都是她生命裡最重要的人，她不希望失去哪一個。

「不過剛剛的語氣好像重了點，晚點待小弟的氣消後我再向他道歉吧！」如此想著的精靈王打了個大大的呵欠，三天沒有好好睡過覺的她，一放鬆下來便再也抗拒不了席捲而來的睡意，伏在傑羅德身旁沉沉地睡去。

□

「別再轉了。」看著在帳篷中焦躁團團轉的妮娜，伊里亞德有點難受地閉上雙眼。剛才視線不自覺地跟著對方轉，現在有點頭暈……

與同樣擁有闇系體質的的伊里亞德不同，因受到闇元素毫不間斷地淬鍊身體而擁有漫長壽命的妮娜，並沒有特意用魔法改變容貌，然而歷經數百年時光的她，容貌卻只有二十多歲，是個一眸一笑都能引起男人最深處欲望的性感尤物。

即使女子苦惱地輕皺著眉，卻仍是不自覺地散發出一種充滿魅惑的風情。任何稍欠定力的男人看到她此刻的模樣，只怕會立即產生「願意為她付出一切，只為了能撫平她眉宇間愁緒」的衝動。

「你不明白卡洛琳對暗黑之神所代表的意義，傑羅德的出現對祂來說無疑是很大的打擊，我只怕那孩子會鑽牛角尖。畢竟，祂只有她了……」

伊里亞德聳聳肩：「祂不是還有妳這個大祭司嗎？何況我覺得黑影對卡洛琳太依賴了，這並非好事。」

聽到男孩的話，妮娜停下了腳步，一雙美目定在對方身上。「你還是先顧好你自己吧！別以為我不知道你為什麼這麼多年來仍保持著孩子的面貌。你……你喜歡卡洛琳對吧？」

在對方的注視下，伊里亞德很乾脆地承認下來。「我的確深愛著她，然而我也很清楚她永遠不會屬於我。既然如此，我何不繼續當個孩子留在她身邊？有時候做孩子也有孩子的好處啊！至少她一直把我視爲親弟弟般的疼愛著。」

妮娜輕聲嘆息，她很清楚自家兄弟的性格，看起來多情、善變又喜怒無常，其實對於自己認定的事物卻非常執著。因此她並沒有想阻勸對方什麼，畢竟每個人有自己的選擇，如果伊里亞德認爲留在精靈王的身邊就是幸福，她沒有權力去阻止對方去追求那小小的幸福。

這時，濃郁的闇元素忽然充斥於帳篷正中，兩人對於這突如其來的小型元素風暴卻沒有顯露出任何意外的神情。伊里亞德手一揮，一道結界便把帳篷包裹起，讓猛然變得活躍的闇元素不致驚動軍營中的魔法師。

小黑影才剛凝聚出人形，便立即撲進妮娜懷裡，委屈的模樣讓女子大吃一驚。

「怎麼了？卡洛琳該不會眞的罵你了吧？」

小黑影搖搖頭，童稚的嗓音頓時於兩人的腦海裡浮現。「我不喜歡這樣，我們一起誕生，爲什麼不能一直在一起？如果沒有那個人就好了。」

妮娜驚訝地瞪大一雙暗藍美眸，略帶嚴厲地責罵道：「不許這麼說！卡洛琳能得到幸福，你應該爲她感到高興才對。你們是親人，這種親密的關係任何事情都改變不了。你怎麼會有這種想法，認爲卡洛琳被傑羅德搶走了呢？」

看著被妮娜抱在懷裡的小黑影，伊里亞德淡淡說道：「該不會……你是故意的吧？故意與傑羅德接觸，讓他沾染上暗黑氣息？」

黑影聞言全身一震，隨即「噗」地一聲化爲一陣黑色煙霧，消散於空氣中。

「……不會吧？」妮娜無法置信地喃喃自語。她無法相信那總是帶點怯懦、彷如孩子般的小黑影竟會做出這種帶有心機與惡意的事情。

伊里亞德倒是對小黑影的反應毫不訝異。「爲什麼不會？正因爲祂內心仍是個孩子才更加率性而爲。對祂來說，傑羅德是個搶走姊姊的『壞人』，只要對方消失，那麼卡洛琳便會如同以前一樣，把祂視爲最重要的人。小孩子的想法很單純，但有時候這樣子更可怕——尤其當這個孩子眞的擁有讓人消失的能力時。」

「這段時間我會看好祂的。」雖然妮娜沒有對這件事發表任何看法，但從這句話可以看出女子已默認了自家兄弟的看法。

□

自從戰勝血族與狼人、成爲降魔大戰開始以來首先勝出的勝利者後，精靈與人類頓時走進了所有種族的視線裡。之後他們更多次以出其不意的策略四處打擊魔族的後援及補給部隊，成功令大陸聯盟士氣大增。雖然戰爭只持續了短短數年，大陸聯盟卻已隱隱壓過了魔族一籌了。

像這種以「種族」作單位的戰爭每天的傷亡數以萬計，雙方都拚命想盡快分出勝負以減少戰爭帶來的損失。因此當魔族收到傑羅德重傷的消息後，正帶領深淵巨獸聯手對抗龍族的兩名魔族軍團長立即當機立斷地火速趕往，以圖趁著這個絕好機會將重傷的人類統帥斬殺。

畢竟帶領人類與精靈的傑羅德已成爲各大陸原種族的偶像，即使高傲如龍族在談及這名年輕人時也毫不吝嗇牠們的欣賞。要是能成功將其抹煞，那對於大陸聯盟的士氣無疑是一大打擊。

珍珠與花火本就是天不怕地不怕的角色，在她們看來，這次事情成功自然好，即使失敗，單憑精靈王還不足以把她們留下。想起傑羅德多次領軍爲己方造成諸多阻礙，兩名魔族軍團長不約而同地露出咬牙切齒的神情，內心生起無盡殺意。

透過許多見聞，龍王對傑羅德這名人類的印象很不錯，看到兩名魔族軍團長撤走時本想要阻止牽制，無奈深淵巨獸卻死死糾纏著龍族，這種醜陋的巨型魔族體魄足以與龍族媲美，雖然不懂魔法且智力低下，卻比龍族擁有更強的抗擊力，其龐大的數量更令大陸上傲視一切的龍族頭痛不已。受到深淵巨獸不要命的猛攻，即使是龍王也被糾纏得無法脫身，只能眼睜睜看著兩名魔族軍團長從牠眼皮下輕鬆溜走。

自從傑羅德出事後，妮娜便寸步不離地守在黑影的身邊，小黑影雖然沒有正面回答伊里亞德的提問，可是妮娜卻發現自己再也沒有信心說出相信黑影的話了。甚至潛意識中，女子更相信自家兄弟的話——黑影早就知道傑羅德接觸祂的後果，祂是故意的！

艷麗豐滿的紅唇勾起一抹淡淡的苦澀笑容。伊里亞德說得對，小黑影眞的太依賴卡洛琳了。

他們並沒有把這個猜測告訴精靈王，然而卡洛琳顯然已察覺到什麼，在黑影與傑羅德相處時，總是透著若有若無的警戒。反倒是傑羅德除了不再觸碰小黑影外，對祂的態度仍如最初般親暱，像是對眾人之間那淡淡的緊張氣氛一無所知。

以傑羅德執政後所展現的睿智與手段，這種連迷糊的卡洛琳也能察覺得到的事他又怎會看不出來？對於想要取自己性命的人，傑羅德不予追究已很大度了，想不到他爲了卡洛琳竟能裝作不知情地繼續與小黑影保持良好的關係，這讓伊里亞德兩人對青年刮目相看。

一星期的休養後，傑羅德已能下床走動，看起來氣色也很不錯。在他的努力下，小黑影對他的態度也逐漸和緩，眾人見狀深感欣喜，心想消除兩人芥蒂的日子指日可待。

進行每天的例行探病後，伊里亞德等人退出了傑羅德的帳篷，與雙胞胎並肩而行的小黑影忽然停下腳步並抬頭仰望天空。

妮娜訝異地回首：「怎麼了？」

未待小黑影回應，雙胞胎的神情便隨之凝重起來。只因兩人在軍營四周設下的大量結界與陷阱正以驚人的速度遭到破壞，一道道與魔法連接的精神聯繫瞬間消失，令兩人臉色因大腦傳來的疼痛而發白。

兩人面面相覷，神色不禁嚴肅起來。他們自知設下的陷阱有多棘手，但竟被人在這麼短的時間內破壞了一大半，這足以證明這次敵人的厲害程度了。

伊里亞德冷笑道：「來者很強，魔族想趁傑羅德重傷的機會將其擊殺吧？」

妮娜一雙嫵媚的美目也迸發出冷冽的神色：「想撿軟柿子捏嗎？眞遺憾，他們這次踢到鐵板了。」如此強勁的敵人也許單靠精靈王的力量確實無法與之抗衡，可是加上這對純闇體質的雙胞胎，形勢便立即逆轉過來，對方不死也要脫層皮！

「我也想幫忙。」小黑影舉起手說。

雙胞胎訝異地對望一眼，心想傑羅德付出的努力還是有回報的。也許這其中絕大部分存在著內疚的成分，但至少以前的小黑影是絕不會主動要求保護傑羅德這個「敵人」的。

妮娜欣喜地點點頭，隨即不禁感嘆：「這次前來刺殺的魔族強者大概眞的要哭了……」

魔族軍團長的實力著實強悍，令眾人驚異的是兩名魔族少女有著一模一樣的臉龐，除了髮色、瞳孔及不同族群所擁有的不同特徵外，她們的容貌竟相似得彷如同一人。

眼前這雙擁有相反屬性的水妖與炎魔竟是一對雙胞胎！

這對魔族姊妹花出乎意料地難纏，最終連負責留守在帳篷中保護傑羅德的卡洛琳也不得不投身戰場，四人聯手才能將其重創，硬是把拚命逃走的兩人留了下來。

看著變得一片狼藉的戰場，眾人不禁相顧駭然，要是小黑影沒有幫忙，單靠三人的實力雖能保住傑羅德，可是要將敵人重創，卻只是妄想。

當然，若沒有黑影，那傑羅德一開始便不會受傷，也就沒有這次的突擊了……

「神力？你……你們是……」重傷得無法動彈的珍珠與花火全身浴血，震驚無比地瞪著精靈王及站立在她身旁的小黑影。

卡洛琳與小黑影也停下攻擊，訝異地瞪著兩名重傷的軍團長。在最後的魔法對撞時，他們也從對方那拚著靈魂受創也要強行提升攻擊力的魔法中感到一絲熟悉、親切的力量。

神力。

看著眼前這雙屬性完全相反的雙胞胎魔族，卡洛琳眼神不禁柔和下來。「原來如此……妳們……和我們是一樣的，對吧？」

卡洛琳問得隱晦，然而兩名魔族少女自然明白對方話裡的意思。交換了一個震驚的眼神後，皆微微點了點頭。

猜測獲得證實，想不到對方真的如她一般，是放棄神位轉生的神祇，卡洛琳頓時不知該怎樣處置她們了。以這兩人在魔族的身分，自然該將其擊殺，可是對方與自己相似的境況卻又讓精靈王狠不下心來。

伊里亞德嘆了口氣，上前提議：「暫時先把她們關著吧！待降魔戰爭結束、把魔族驅逐回深淵之地後再說。即使她們再強，只有兩個人也興不起什麼風浪。」

卡洛琳想了想也覺得這是最好的解決方法。有黑影的幫忙，少女對於他們聯手造出的封印結界很放心。可卡洛琳也沒有輕率答應，向一旁的傑羅德投以詢問的視線。

看到戀人略帶歉意的眼神，傑羅德很瀟脫地笑道：「就這麼決定吧！」對於魔族的刺殺要說沒有怒火是不可能的，可是顧及到卡洛琳的感受，他決定大度一次。

珍珠與花火是在燃燒著火焰的湖泊中誕生的，擁有如此不安定的「母親」，註定她們擁有不安分的個性；再加上轉生後一直受到魔族血液中殘暴氣息的影響，令兩人逐漸陷入殺戮的道路而無法自拔。聽到敵方對她們的寬鬆處置，沉靜的花火還好，鬼點子多的珍珠卻打起了反擊的主意。

轉生後，兩人在魔族中一直要風得風、要雨得雨，又怎嚥得下這口氣？珍珠倒是沒想要憑著重傷的身體擊殺對方，只是懷著惡作劇的心情來給對方添亂而已。

然而，她卻不知道，這小小的惡作劇卻讓兩人最終陷入萬劫不復的境地，度過了二十年生不如死的痛苦時光……

其實珍珠所做的事情很簡單，就是把魔族血脈裡最殘暴、最凶惡、最卑劣的氣息抽取出來，在對方將她們封印起來的瞬間狠狠打進小黑影的體內！

珍珠以曾同為神祇的眼光看出小黑影的力量偏於黑暗系。而任何偏向黑暗氣息的生命體只要意志不夠堅定，就特別容易產生出各種負面性情，例如嗜血、陰險、淫慾等。這也是為什麼擁有闇系體質的孩子總是人們殺戮排擠的對象。

本來少女只是想利用這絲惡念來影響小黑影一會兒。把精靈王一行人搞得雞飛狗跳，然而她卻不知道剛度過虛弱時期的小黑影神格仍未穩定，加上傑羅德與卡洛琳的事正好牽引出小黑影的負面情緒，這絲惡念就像是往烈火灑上的滾油，頓時令狀況變得一發不可收拾。

「啊!!」小黑影是個單純以力量與靈魂形聚而成的影子，尋常的物理攻擊無法對其造成任何傷害。相反地，精神攻擊卻是小黑影的剋星。這絲純粹的惡意輕而易舉地擊進祂的靈魂深處，靈魂受到撕裂的痛楚令小黑影發出了痛徹心扉的慘叫。

一道強烈的波動從慘叫著的小黑影身上發出，直往逐漸封閉的結界轟去！

始作俑者的珍珠也想不到惡念對黑影的影響竟如此巨大，嚇得整個人呆掉了，反應過來時，想躲避小黑影的攻擊卻已來不及；一旁花火見狀竟毫不猶豫地阻擋在珍珠身前，身體瞬間被轟成灰燼。

「花火！」沒去理會身體受到攻擊的餘波而傷得更加嚴重，珍珠用能量包裹著花火將要消散的靈魂，並將其狠狠壓往自己的胸口！

眾人最後從快速關閉著的結界中看到的，是當手裡那脆弱的靈魂成功融合進身體後，珍珠那如釋重負的微笑。

ch.11 死亡與新生

那天以後，黑影便不見了。

失去兩名軍團長的魔族頓時陷入一片混亂，大陸聯盟在付出眾多犧牲後，終於把魔族逼回深淵之地，並把入口徹底封閉。持續多年的降魔戰爭以令人驚歎的速度迅速落幕，各種族也進入了休養生息的時代。

在一片歡呼聲中，精靈族對外宣布精靈王卡洛不幸於降魔戰爭中戰死，將由生命之樹所挑選的亞德斯里恩繼任精靈王。半年後，菲利克斯六世帶回一名名叫卡洛琳的美麗少女，並迎娶她爲第二任妻子。

卡洛琳本打算待降魔戰爭結束後，便釋放兩名魔族軍團長，然而小黑影的失蹤卻徹底激怒了這個善良的女子，狠下心把兩人繼續囚禁下去。

對卡洛琳的決定，傑羅德自然不會多說什麼，甚至還非常贊同。以兩名魔族軍團長桀驁不馴的個性，只關個半年根本無法讓她們收心養性。難得卡洛琳主動說要把人關下去，傑羅德自然一口答允。

伊里亞德更興致勃勃地把結界加固，並將菲利克斯王室的傳家之寶——那顆能解除結界的魔獸之心用闇元素遮蔽起來，以免王族後人被殃及池魚。

降魔戰爭結束後，菲利克斯六世的威望達到鼎盛。有了這層基礎，傑羅德開始實施醞釀已久的政策，包括打壓貴族、加深各族邦交、改革帝國政治、承認暗黑神教為合法信仰……

對於接踵而來的政策，反對者眾，可是支持的人更多，在各種改革下，帝國國運蒸蒸日上，可以預見再過數年，這些制度便能被絕大多數人接受。

又是半年過去，帝國傳出王后卡洛琳懷孕的消息。不但人類各國權貴，就連各種族也派代表送上賀禮與祝福。已經順利當上國王的艾倫也備禮親自前來祝賀，並初次與當年征戰時傑羅德笑言要自己來拐跑的大公主潘蜜拉見面。

令傑羅德哭笑不得的是，艾倫竟然真的對他的長女一見鍾情，隨即更向這位年僅九歲的第一公主展開了熱烈的追求。

一切都是那麼幸福完美。

接著又過去了半年，正在石之崖與獸族簽訂和平條約的傑羅德收到來自王都的噩耗，他摯愛的妻子在生產時發生血崩，可怕的失血量令一眾光明法師束手無策，情況非常危險。

匆忙趕回城堡的傑羅德最終還是來不及見上她最後一面，觸目所及，只剩妻子冰冷的屍體。

看到國王的出現，在場眾人立即自動退下。除了給予傑羅德盡情發洩悲傷的空間外，也害怕失去妻子的傑羅德會失去理智把怒火發洩在他們身上。

悲痛欲絕的傑羅德沒理會旁人的心思與舉動，他全副心神都放在床上那美麗無比的女子身上。卡洛琳神色安詳，除了臉色較爲蒼白外，看起來就像正沉睡般。然而傑羅德卻很清楚，他所愛的人再也無法睜開那雙令他迷戀不已、純潔如雛鹿般的碧綠眸子了。

沉溺於悲慟的傑羅德完全沒有察覺時間的流逝，不知道過了多久，緩步至他身後的腳步聲終於把男子驚醒。

不捨地看了一眼妻子的遺容，傑羅德這才硬是把視線移向後方。身後站著他的大女兒，只見同樣露出哀戚神情的女兒懷裡抱著一個小小的嬰孩。

小嬰兒擁有著一頭罕見的月色髮絲，雖然初生嬰孩的皮膚仍皺巴巴的，可是容貌與卡洛琳實在太相像了，傑羅德只看了一眼，便知道這就是妻子付出生命所生下來的孩子。

潘蜜拉把懷裡的小嬰兒交至父親手裡，輕聲說道：「是個女孩。」

心情複雜地看著與妻子相似得猶如同個模子刻出來的嬰兒，傑羅德強忍著心裡的悲痛，以冷靜又生硬的語調詢問：「爲什麼會變成這樣？我不是安排了眾多光明法師在她身邊嗎？何況以卡洛琳那出色的自然系魔法，怎會……」

潘蜜拉哀傷地說：「這孩子很特殊，在生產過程中，她瘋狂吸收著外來的魔法元素，以致治癒術無法起到作用，可是母后卻仍堅持把孩子生下來。雖然孩子誕生後，法師們立即治療了她的創傷，但卻無法補充失去的血液，母后是因失血過多而死的。」

聽到大女兒的話，悲痛不已的傑羅德更不禁對懷裡的女兒產生抗拒。

要是沒有這孩子，那麼卡洛琳就不會……

可他同時清楚孩子是無辜的，何況這孩子是妻子拚上性命也想守護的小生命，是他與卡洛琳唯一的女兒！

愛恨於男子心中不斷糾結，傑羅德也說不清對這個小女兒到底是怎樣的心情。

忽然，一股濃厚的黑暗氣息劃破虛空，隨即化成尖銳的黑色利刃刺向傑羅德懷裡的女嬰！

傑羅德面色大變，想拔劍阻擋已來不及。此時他腦海一片空白，只是本能地用身體將孩子緊緊護住。

「父王！」大公主掩嘴驚呼，然而如此突然的攻擊就連傑羅德也無法阻止，憑女孩稚嫩的劍技又怎能反應過來？只能眼睜睜地看著化為利刃的黑影就要刺進父王身上。

「鏘！」一陣令人牙酸的碰撞聲響起，潘蜜拉定睛一看，只見一名使出黑色魔法盾、長相美艷無比的女魔法師出現在黑影與傑羅德之間，把男子與嬰兒穩穩護在身後。

驚魂未定地緊緊抱住毫髮未傷的孩子，傑羅德這才發現在那短短一瞬間，自己已驚出一身冷汗。

直至將要失去的瞬間，傑羅德才明白懷中的小女兒對他來說有多重要。他本以為自己會因失去所愛的妻子而遷怒於這孩子，但經過這次的突襲，卻發現自己到底有多深愛她。

眼看一擊不中，黑色刀刃隨即幻化成孩子的形態，夾雜著無限悲傷與怨恨的聲音隨即在眾人腦中響起：「讓開！妮娜，就連妳也要防礙我嗎？卡洛琳是因為這兩人才死的，他們都是凶手！妳怎能包庇他們？」

女子哀傷地嘆息道：「您果然還是變了嗎？以前的您是絕不會對小嬰兒心生殺意的。」

「讓開！不然我連妳也殺掉！」

妮娜悲傷地看著激烈變幻形態的小黑影，隨即錯開身子，露出背後那手持金色指環的俊美男孩。

「時之刻！」看到這個能夠收納靈魂的指環瞬間，小黑影就知道事情糟了，想退開時已來不及，金色指環在伊里亞德的催動下發出吸納靈魂的強烈引力，將黑影封印在其中！

連串事情只發生在短短一瞬間，當駐守在外的士兵聽到動靜而衝進來時，短暫的戰鬥已經結束，只留下房內的一片狼藉。

傑羅德揮了揮手讓衛兵們收起指向伊里亞德他們的長劍，隨即看向呆站在旁的大女兒。「潘蜜拉，妳隨衛兵們出去吧！傳我命令讓所有人都不得打擾，對今天的事守口如瓶。」

即使懷著滿心震驚與疑惑，潘蜜拉還是乖巧地應道：「是。」

待所有閒雜人等退下後，傑羅德訝異地看著男孩手裡的金色指環。

「這是獸王的……」

「嗯，獸王的傳承之物。很久以前，我在研究記憶與靈魂相連的關係時，心血來潮創造出來的。後來看它留在手邊沒有用處，就借給獸族了。」伊里亞德沉重地說道：「得悉卡洛琳的惡耗，我就猜這黑影小鬼必定不會安分。想到這個指環有儲存記憶與靈魂的功效，就到獸族把它取回來了。」

「你打算怎麼處置祂？」雖然黑影三番兩次想取他性命，可是對方畢竟是卡洛琳重要的弟弟，傑羅德終究無法對祂的安危置之不理。

伊里亞德不斷朝時之刻施上一段又一段咒文，指環表面的刻印因而變得更加複雜。

「祂的力量在這數百年間因吸收了信仰之力而大幅提升，光靠時之刻無法將其長久封印，我會把祂的力量一分為二，一半封印在時之刻裡，一半……」

「另一半交給我吧！」妮娜堅決表示：「小黑影很喜歡一個數千年前留下來、四周充滿黑暗氣息的遺跡，我終究是祂的大祭司，我想至少讓祂沉睡在喜歡的地方，並為祂在四周刻上祭祀用的祈禱文。」

看到妮娜難過的神情，伊里亞德很乾脆地答允下來。他知道對方與黑影的關係很好，不忍心拒絕她這個小小的要求。

把封印著暗黑之神的時之刻收進懷裡，伊里亞德回頭看向靜靜躺臥於睡床上的卡洛琳，踏出腳步往這個他愛慕了許久許久的女子走去。

一步、兩步，隨著他每一步緩慢卻堅定的步伐，令人目瞪口呆的變化發生在伊里亞德身上。只見男孩那漂亮得過分的稚氣臉龐逐漸變化成青年的英俊帥氣，原本只到成年人腰間的身高以肉眼可見的速度增長著，由闇元素所形成的黑色衣服也漸漸由可愛的款式化成帥氣的長衣。當伊里亞德走至睡床前時，已從一名孩子迅速成長為二十多歲的青年。

不只抱著孩子的傑羅德看得目瞪口呆，就連妮娜也因首次看到自家兄弟成長後的模樣而震撼不已。

無視兩人打量著自己的目光，伊里亞德靜靜地佇立在床邊凝望著卡洛琳，就像要把女子的容顏刻進腦海般專注。

良久，男子彎下腰，在卡洛琳額上輕輕落下一吻。

妮娜低呼了聲，隨即略帶緊張地偷瞄身旁的傑羅德。卻發現抱著孩子的國王神色平靜，並沒有阻止對方與卡洛琳的訣別，那瞭然的神情說明了對方早就察覺到伊里亞德對卡洛琳的眷戀。

充滿愛戀與不捨地看了卡洛琳最後一眼，伊里亞德俐落地轉身，把目光投向繼承了精靈王容貌的女嬰身上。

經過剛才短暫的戰鬥，本來睡得安穩的小嬰兒早被驚醒。這孩子倒與眾不同，醒來後不哭不鬧，睜著一雙遺傳自父親的紫藍眸子好奇地東張西望，察覺到伊里亞德的視線後，她甚至還向男子甜甜一笑。

嬰兒的笑容純潔可愛，讓伊里亞德那充滿悲痛的心劃過一絲暖意。「這是卡洛琳的孩子吧？我可以抱抱她嗎？」

傑羅德點了點頭，默默將孩子交到伊里亞德手裡。

也許是與男子投緣又或只是單純因為這孩子不怕生，嬰兒打了個呵欠，便直接在伊里亞德的懷裡熟睡起來，全然不理會自己已轉移至另一人的懷抱裡。

「你打算怎樣處置這孩子？如果因為卡洛琳的事而對她懷有芥蒂的話，我可以把她抱回精靈族中撫養。以精靈族護短的性格，相信這孩子必定能得到很好的照顧。」

傑羅德看著靜靜躺臥於睡床上的妻子，搖頭說道：「我很清楚這件事不是孩子的錯，她是我與卡洛琳生命的延續，我又怎會怨恨她？卡洛琳曾說過希望這孩子能夠選擇自己的未來，是精靈還是人類，就讓她長大後自己選擇吧！」

伊里亞德有點意外地挑了挑眉，他發現自己還是小看這個男人了。對方遠比自己想像得大度，也遠比自己預期地更加深愛他的妻子。「既然你心意已決，我也不多說什麼。只是有一點你必須謹記，運用魔法元素會加速精靈血脈的覺醒。唯一的方法就是禁止她接觸魔法修習。帝國內部並不平靜，萬一精靈王子嗣的身分被人發現，只怕會為她帶來惡運。」

傑羅德點頭：「我會注意的。」

把孩子交回對方手裡，伊里亞德慎重地允諾：「我們必定會將小黑影牢牢禁制住，不會讓祂傷害小公主的。」

男子這番話看似單純的承諾，妮娜卻知道這是他向她作出的警告。畢竟以自己和暗黑之神的情誼，說不定會一時心軟便把人放了。

苦澀一笑，雖然妮娜與暗黑之神的關係非比尋常，然而這次伊里亞德倒是猜錯女子的心思了。妮娜是真心想將對方另一半靈魂好好封印起來，只因她清楚感覺到卡洛琳的死讓黑影受到惡念侵蝕的理智變得所剩無幾。在祂的心目中，正是剛出生的小公主「殺死」了祂最重要的人；而卡洛琳的丈夫、讓她懷上孩子的傑羅德以及整個菲利克斯帝國也會是祂復仇的對象。

只要讓黑影擺脫封印，祂一定會對王室展開瘋狂報復。回想當年那個怯生生、如同無助孩子般的小黑影，妮娜不希望看到祂不顧一切展開殺戮的模樣。

鮮血……並不適合那個孩子！

在尋找到解決那絲惡念的方法前，讓黑影沉睡無疑是最好的辦法。

其實伊里亞德曾提議嘗試與困於結界裡的軍團長進行談判，讓對方把放在黑影身上的惡念收回，然而眾人在仔細商談過後還是決定放棄這天真的想法。一來那股惡念已與小黑影的靈魂融合，並不是珍珠說收回便能夠輕易收回的；二來珍珠那次的偷襲動作已讓人無法再次信任她，抽出惡念必須讓黑影對珍珠毫無防備地完全敞開祂的靈魂，萬一這次珍珠趁機再度於黑影身上動手腳，那就眞是欲哭無淚了。

想到珍珠的可惡，妮娜連闖進結界與她打一場來消消氣的想法都有了。這位美艷的闇祭司卻不知道，其實珍珠沒有如她想像中在結界裡活得那麼快活。

當初花火爲了替珍珠擋下小黑影的一擊而死，爲了把摯愛的姊妹留住，珍珠硬是將花火的靈魂拉進自己體內。

同時容納兩個靈魂的肉體下場只有一個，就是逐漸潰爛腐朽。若不是水妖的自癒力驚人，能在身體潰爛的狀況下自行進行修復，珍珠早已化成一灘血水了。即使如此，在腐朽比自癒速度快上一分的狀況下，珍珠的身體還是漸漸邁向虛弱，這種感受著自己逐漸腐朽的痛苦說是生不如死也不爲過。

想到自己那個惡作劇的小小報復竟引發如此可怕的後果，不但差點兒賠上花火的性命，也造成了如此悲慘的局面，珍珠眞是後悔莫及。卡洛琳曾允諾過當降魔大戰結束後便會釋放她們、還她們自由。然而隨著時間過去，珍珠已不再對此存有幻想。

即使如此她們仍舊沒有放棄希望，雖然無法破壞闇法師設下的結界，不過這個結界只單純爲防止她們逃走而設，除了魔族外，對其他種族來說便弱得多了。現在她們正靜心等待，只要有人接近封印，珍珠有信心將人傳送進來。

到時候威脅利誘，還怕對方不幫忙嗎？

想到這兒，珍珠不禁慶幸當初因爲急於刺殺傑羅德的關係，在征戰途中發現那顆舉世聞名的魔獸之心時並沒有急著收取，而是標上了神識作記號便離開，任由魔核留在原地。不然只怕這寶石白白便宜了抓捕她們的精靈王外，還斷絕了破解封印的希望。

珍珠卻不知同樣曾爲神祇的卡洛琳，早在她們被封印之時便察覺到珍珠那絲若有似無的神識，後來更被她成功找到魔獸之心的位置。

最後，當時因小黑影的事怒不可遏的卡洛琳便在這顆魔獸之心上設下強力封印，大有「妳知道位置又如何？我就讓妳只能眼巴巴地看，卻無法動它分毫！」的意思。

當然，卡洛琳絕對預想不到她這小小的報復，會在多年後爲自己的女兒帶來不少的麻煩就是……

□

伊里亞德與妮娜一直留在城堡裡，直至卡洛琳的葬禮結束後，便雙雙向傑羅德辭行。

看著眼前這對並肩而立的雙胞胎，伊里亞德把外貌年齡成長至二十六歲，看起來比他的姊姊妮娜還要大上一些。雖然容貌相似，但此刻看起來倒像年齡差幾歲的兄妹，而不是雙胞胎姊弟。

「你不變回孩子了嗎？」有點不爽伊里亞德看起來比自己高、比自己年長，可是自個兒卻又不願意把容顏再變老一點的妮娜仰起頭，狠狠瞪著這個厚顏無恥的弟弟。

伊里亞德輕輕勾起嘴角，如此簡單的動作竟有著無法形容的魅力，再搭上暗藏於藍眸中的淡淡哀傷，簡直殺傷力十足。即使是身爲男人的傑羅德以及其雙胞胎姊妹妮娜都覺得心臟不受控制地跳漏了一拍，不禁於內心大罵了聲：「禍水！」

只見伊里亞德輕聲說道：「不了。小孩子的模樣我只獻給卡洛琳一人，這將會隨著她的離逝而永遠消失。」

從一開始就知道這是永遠沒有結局的暗戀，可他就是割捨不下。甚至保持著孩子的外表，就只是爲了獲得精靈族的許可一直留在女子身邊。

本以爲自己一生就要這麼過了，卻想不到女子竟以這種方式從他的生命中離開。

妮娜擔憂地看了看沉默不語的傑羅德。伊里亞德這番話說得很白，同時也說得太過了。卡洛琳畢竟是傑羅德的妻子，沒有哪個男人能容忍自己的妻子被人覬覦，更何況卡洛琳貴爲菲利克斯的王后，伊里亞德的行徑可說是對王室的挑釁了。

傑羅德皺起眉，再大度他終究是個男人，雖清楚伊里亞德與卡洛琳之間真的沒有什麼，可是心裡仍舊有點介懷。

不過國王最終還是把這絲不快壓下來，作爲雙方橋梁的卡洛琳已經不在了，說不定這次分別後，與雙胞胎再沒有相見之日，何必爲了一口氣而讓大家不歡而散？

看對方表情的變化，伊里亞德笑道：「你大可以以成功者的身分扠腰大笑，何必擺出這種臭臉在心裡咒罵我？我只是個可憐的失敗者，卡洛琳甚至不知道我暗戀她。說起來，我倒是滿欣賞你的胸襟與氣度，有這種岳父大人也不錯啊！最重要的是，小公主還這麼小已是個美人胚子了，是我喜歡的類型呢！」

傑羅德修養再好也禁不住怒吼：「滾！」

在明媚的陽光中，國王的怒吼、女祭司無奈又歉意的微笑、小嬰兒好奇的眼神以及闇法師囂張無比的大笑聲，交織成一幅和諧的畫面，彷彿那名總是笑得如陽光般燦爛的女子，正微笑著在陽光中注視著她摯愛的人們，並獻上最眞摯的祝福。

□

察覺到衣襬被人輕輕拉扯的力道，淚流滿面的我猛然從過去的影像中驚醒，神智仍舊有點迷糊地慌忙跟上引路者離去的步伐。

難怪長老們對這個血脈儀式如此愼重，這過於眞實的時空幻境確實很容易讓人沉迷其中。

我從最初如同旁觀者的觀望，到最後竟全副心神都沉淪在時之刻所封印的記憶裡，彷彿「西維亞」已不存在，變成了幻境中許許多多的人們，眞實地感受到他們的想法、悲傷、苦惱、愛……

要不是在最後關頭「引路者」現身將我帶離虛幻，說不定我的心神已迷失在這個過往的時空裡。

我有預感這次是最後的穿越了，深深吸了口氣，我義無反顧地衝進時空裂縫。

漫天黑暗過後，溫暖、平和的感覺讓人昏昏欲睡，伴隨黑暗而來的，竟是令人無法抗拒的安心感。

黑暗之中，模糊地浮現出一片朦朧的影像。

一名擁有著月色長髮、看不清臉龐的少婦安坐於花園的石椅上，輕輕撫摸著微微凸起的腹部。雖然看不見她的表情，但卻仍能感覺到一種母親特有的慈愛光輝。

黑髮的男孩小跑至女子身旁，獻上剛從花園摘下的花朵。男孩同樣朦朦朧朧地看不清長相，然而一雙充滿敬仰、愛戴與忠誠的祖母綠眸子卻讓我心神大震。

多提亞？

不！多提亞只比我年長五歲，可依這男孩的身高至少也有八、九歲的樣子，年齡不符合！

他是……這個人是……

接著，影像消失了……

尾聲・決定

「你這個色狼！竟然把母后看光光！」從回憶的景象退回現實中，剛睜開雙眼的我立即指著伊里亞德提出強烈的指控。

團長大人立即激動地澄清：「好過分！我當時也被嚇到了好不好!?像我這樣善良純淨如同小綿羊的人，小貓咪妳怎能把我想得那麼不堪？眞是令我太傷心了！」

伊里亞德的辯解沒有得到預期中的同情，只換來無盡的鄙視。

你確定自己是頭小綿羊，而不是披著羊皮的狼？

雖然在場同伴們沒有歷經這神奇的時空之旅，可卻不排除他們感受到這片言隻語中的猥褻意味，至少「把母后看光光」這句話已足以讓大家產生出無限的想像空間。面對眾人鄙視的眼神，團長大人一如既往地回以動人的邪魅笑容，厚臉皮的程度讓人傻眼。

我錯了……這傢伙不是披著羊皮的狼，根本是徹頭徹尾、光明正大地露出本性的色狼才對！

「小維，妳剛才看到什麼了？難道這傢伙對卡洛琳王后做了齷齪的事嗎？」出言詢問的利馬雖然仍舊一副沒心沒肺的樣子，然而了解這位紅髮騎士長的我卻感受到對方已把伊里亞德的位置鎖定，只要我一點頭，他就會拔劍出鞘！

皇家騎士是爲了保護王室而存在，這是他們的責任與榮耀！即使與伊里亞德的關係一向不錯，但只要涉及王族，利馬還是會毫不猶豫地拔劍的！

不只利馬，就連一旁的多提亞也默默移至團長背後，大有一言不合就先把人圍毆再說的意味。

想了想，我簡略地把剛才的所見所聞告訴大家，當然內容是篩選過的，闇法師與母后那場勁爆的初次邂逅、男子對母后的感情……就省略了。

我不認爲這是什麼不可告人的事，只是出於對當事人的尊重，在獲得伊里亞德的同意以前，我沒有將對方的感情公諸於世的資格。

即使我已把故事盡量簡化，但這涉及暗黑之神、精靈王以及人族統帥的故事實在太複雜，種種恩怨情仇不是三言兩語便可以解釋的。忙著說故事的我沒有發現闇法師在聽到我避重就輕地描述他與母后的關係時，那暗藍眸子所泛起的溫柔暖意。

故事很長，大家在聽的過程中匆匆吃了些東西，斷斷續續地聽我說了足足兩個多小時。

聽過事情的緣由，眾人皆沉默不語，努力消化這隱藏於歷史中的眞相。

見大家全都陷入沉思，歷經兩場時光之旅的我打起呵欠，開始感到昏昏欲睡。雖然理論上我的體力並沒有任何消耗，可是無論心理上、精神上，甚至靈魂上的衝擊卻讓我生出濃濃的倦意。

「想不到事情背後竟牽扯到那麼複雜的關係。既然如此，妳打算……維？」

多提亞的呼喚讓我猛然驚醒，看著眾人似笑非笑的神情，我的臉立即火燙燙地紅了起來。

天啊！太丟臉了！

剛才半睡半醒的我，根本沒聽清楚多提亞在說什麼，正想硬著頭皮詢問時，多提亞察覺到我的困窘，體貼地把話重覆一次：「維，接下來妳打算怎麼做？」

多提亞輕輕的一句話還眞把我問倒了。依照先前的計畫，在獲得晨曦結晶後，我們便趁著豐收祭返回王都，並當眾把潛伏在父王體內的惡靈消滅，以證明我的清白。可是在得知敵人的眞實身分後，我卻猶豫了。

姑且不論當初與妮娜的約定，光是暗黑之神與母后的關係已令我無法對其下狠手。

同伴們沉默著沒有說話，無論是對二、三王姊的所作所爲深痛惡絕的卡萊爾等人，還是效忠於王室的皇家騎士、來自精靈族的白色使者、侍奉暗黑之神的祭司妮娜，以及與母后關係匪淺的伊里亞德，他們各有各的寄盼、各有各的立場。可是此刻卻全都默不作聲地保持沉默，沒有人試圖出言影響我的決定，只是提供身為同伴的支持與鼓勵，等待著我接下來的決定。

「別胡亂給自己壓力，只要認清自己的心意、做出自己想要的決定就好了。」女神大人笑道。

我眞正的……心意嗎……

我希望父王能恢復正常，希望人民不用再受權貴的迫害，希望人類與其他種族和平共處，希望我摯愛的親人、朋友能獲得幸福。

這些願望看似簡單，其實貪心至極，沒有相對應的背景與實力根本無法實現。

這段旅程讓我感觸良多，一直以爲自己只要平平凡凡地度過一生就好了，從不曾想過要爭什麼，直到國家發生動盪，我卻對此無能爲力，這才醒悟到沒有權力、沒有背景、脫下「公主」這層光鮮亮麗外衣的我，根本什麼都不是。

我已經不想再經歷那種眼看著親人受苦卻什麼也做不到的無力感了！

一直逃避著王族身分與責任的我，第一次出現對權力的渴望。

「依照原定計畫，打敗祂！」猶豫不決的心情轉爲堅定，只有勝者才擁有憐憫敵人的資格，現在苦惱著如何處置暗黑之神根本就是一件不切實際的事。

「暗黑之神利用父王的身分隨意調動帝國的力量，只要我們能逼使祂現出眞面目，那麼一切的威脅自然不復存在。我明白要接近國王並不是件簡單的事，萬一在此之前被抓個正著，叛逆的罪名便足以讓我百口莫辯，可這是我的責任，我必須完成它！」

想到小黑影的瘋狂，我深深嘆了口氣，然而這動作卻無法平息我內心的憂慮。

「在進入時之刻前，我一直很納悶敵人的目的，爲什麼侵佔父王軀體的祂要挑起戰爭？祂大可以以國王的身分輕鬆過活。不過，現在我終於明白了，祂想復仇，想摧毀菲利克斯王室和整個帝國！我一定要阻止祂，絕不能放任祂這樣下去！」

這次是以帝國的名義挑釁獸族，那下一次呢？會不會是大王姊外嫁的史賓社？又或是帝國根本無法匹敵的龍族？

聯想到帝國全面發動戰爭的後果，眾人的臉也不禁鐵青起來。

我直視著妮娜那雙美麗的深藍眸子，誠懇地說道：「普通小孩鬧起性子頂多是哭鬧一番，可是小黑影卻過於強大了，強大得足以把世界搞得天翻地覆。因此我不能放任祂胡來。妮娜，我會盡力保全祂，可同時也必須要阻止祂，妳能明白嗎？」

伊里亞德忍俊不禁地笑道：「如此嚴肅的話題到了小貓咪口中卻成了要打胡鬧孩子小屁屁的程度，我眞的服了。好像滿有趣的，也算上我一份吧！」

喂喂！伊里亞德你這傢伙別故意曲解我的意思好不好！

妮娜猶豫片刻後搖頭說道：「我就不參與了。」

我明白她的難處，並沒有多費口舌說服對方幫忙，只是有點失望地點了點頭。

看到我悶悶不樂的神情，本來心情便不是很好的妮娜反而被逗得笑了。「小丫頭，妳這是什麼表情，我有說過不幫忙嗎？雖然對那孩子我終究下不了手，可是你們也需要人來穩住暗黑神教吧？相信我會是很適合的人選。而且我可以把徒弟外借給妳，這次可是免費的喔！」

聽到師父的話，夏爾立即點頭，魔法袍那大大的連衣帽隨著少年誇張的大動作晃呀晃，「我想幫忙！」

兩名騎士長單膝跪下，「願爲殿下獻出忠誠，爲王室的榮耀而戰。」

叛亂組織的三人交換了一個眼神，隨即卡萊爾笑道：「先前我們爲了對付二、三殿下在王城中安插了不少同伴，應該能稍微幫得上忙。」

白色使者依然維持一貫淡然語氣說道：「沒人能欺侮我們精靈族的公主。」

看眾人答應得如此乾脆，反倒令我有點猶豫了。「你們眞的想清楚了嗎？那可是一個弄不好便要賠上性命的事……」

同伴們沒有回答，只是用著很溫暖的眼神望著我，充滿了認同、寵溺、信任與忠誠。

那一瞬間，我想我明白了大家所想表達的意思了。

萬千思緒，最終轉化成短短的兩個字：「謝謝。」

謝謝大家，謝謝你們願意陪伴在我的身邊。

《傭兵公主》卷五完

完結篇〈破曉之光〉敬請期待！

後記

大家好！很高興與各位在《傭兵5》見面，也感謝大家購買這本小說！

五月份發生了一件讓我很開心的事情，各位仍記得我曾在卷一的後記中提及、那位經常催促我投稿的好友竹某人嗎？竹子的小說在五月成功與某出版社簽約、預計會在今年年尾出商業本了呢！

恭喜竹子！賀喜竹子!!

故事進行至第五集，這可說是解謎的一集，很多謎團的答案也會在這一集中披露。當中包括卡洛琳的身分、伊里亞德與妮娜的身世、花火爲什麼會失去軀體等等。一些在先前的情節中曾經提及過、但戲分不多的角色也在這一集活躍起來，如精靈王卡洛琳、人類統帥傑羅德、小維的大姊夫艾倫俱在過去的時光裡大放異彩，希望這些角色能夠獲得大家的喜歡XD

另一方面，在第五集中小維終於認祖歸宗了！一直隱居在伊迪蘭斯亞森林的精靈與樹人們紛紛出場，並集合起來想要幫上他們小公主的幫。雖然精靈族的性格與傳說中有著不少差異，但個人還是認爲他們是非常可愛善良的種族。

《傭兵公主》這部小說共六卷，下一集便是大結局了！第六集我仍在撰寫中，務求爲小維他們的冒險故事畫下一個完美的休止符。

《傭兵公主6．破曉之光》，也請大家多多支持喔！

香草

國家圖書館出版品預行編目資料

傭兵公主.卷五 / 香草 著.
——初版. ——台北市： 魔豆文化，2012.07
冊； 公分.
ISBN 978-986-5987-03-9（平裝）

857.7 100022623

fresh FS024

傭兵公主 vol.5

作者 / 香草
插畫 / 天藍 封面設計 / 克里斯
出版社 / 魔豆文化有限公司
地址◎ 台北市103承德路二段75巷35號1樓
電話◎（02）25585438 傳真◎（02）25585439
部落格◎ gaeabooks.pixnet.net/blog
臉書◎ www.facebook.com/Gaeabooks
電子信箱◎ gaea@gaeabooks.com.tw
投稿信箱◎ editor@gaeabooks.com.tw
郵撥帳號◎ 19769541 戶名：蓋亞文化有限公司
發行 / 蓋亞文化有限公司
法律顧問 / 宇達經貿法律事務所
總經銷 / 聯合發行股份有限公司
地址◎ 新北市新店區寶橋路二三五巷六弄六號二樓
電話◎（02）29178022 傳真◎（02）29156275
港澳地區 / 一代匯集
地址◎ 九龍旺角塘尾道64號龍駒企業大廈10樓B&D室
電話◎（852）2783-8102 傳真◎（852）2396-0050
初版五刷 / 2020年4月
定價 / 新台幣 180 元
Printed in Taiwan

ISBN / 978-986-5987-03-9

魔豆

魔豆